巴金别集 08

短简

巴金

東方出版中心

图书在版编目(CIP)数据

短简/巴金著. —上海：东方出版中心，2017.8
(巴金别集)
ISBN 978-7-5473-1166-0

Ⅰ.①短… Ⅱ.①巴… Ⅲ.①散文集—中国—现代
Ⅳ. ①I266

中国版本图书馆 CIP 数据核字(2017)第 179406 号

短简

出版发行：东方出版中心
地　　址：上海市仙霞路 345 号
电　　话：(021)62417400
邮政编码：200336
经　　销：全国新华书店
印　　刷：上海天地海设计印刷有限公司
开　　本：787×1092 毫米　1/32
字　　数：64 千字
印　　张：5
版　　次：2017 年 8 月第 1 版第 1 次印刷
ISBN 978-7-5473-1166-0
定　　价：20.00 元

东方出版中心邮购部　电话：(021)52069798

目　录

序

近一年来有许多不认识的年轻朋友写信给我，他们把我当作一个知己友人看待，告诉我许多事情，甚至把他们的渴望和苦恼也毫不隐瞒地讲出来了，这些都是我应该知道，而且应该寄与同情的。我感激他们。但是我惭愧我缺少行动的力量，我没有丰富的经验，我缺乏广博的学识。对于那些怀着求助的心情来找我的年轻人，我不能帮一点忙。我说过："倘使我还有一点点力量，我也要拿来给年轻的心添一点温暖。"然而事实永远跟我的希望相反。我只有责备自己的无力，不过我不敢因此放弃我的责任。我也曾尽我微弱的力量回答那些充满信任与热情的来信。我的话都是十分平凡。但我写的全是我所真实地感到的，全是我知道得最清楚的，全是从我的狭隘的经验里得来的。我纵然不能给那些纯白的年轻心灵以安慰和鼓舞，我纵然不能帮助他们解决一些难题，但是我的“短简”也毕竟告诉了他们一些事情，一些关于生活的事情，这对于他们也许会有一点点用处。我的长途旅行最近就要开始，我和年轻朋友间的通信也将因而暂时中断。所以我毫不惭愧地把过去写给朋友们的一部分的“短简”编成这本小书，我把它献给我的年轻朋友们作为表示感激的礼物。

巴 金　1937 年 2 月 28 日之夜。

我的幼年[1]

窗外落着大雨，屋檐上的水槽早坏了，这些时候都不曾修理过，雨水就沿着窗户从缝隙浸入屋里，又从窗台流到了地板上。

我的书桌的一端正靠在窗台下面，一部分的雨水就滴在书桌上，把堆在那一角的书、信和稿件全打湿了。

我已经躺在床上，听见滴水的声音才慌忙地爬起来，扭燃电灯。啊，地板上积了那么一大滩

① 本篇最初发表于一九三六年九月五日《中流》第一卷第一期。

水！我一个人吃力地把书桌移开，使它离窗台远一些。我又搬开了那些水湿的书籍，这时候我无意间发见了你的信。

你那整齐的字迹和信封上的香港邮票吸引了我的眼光，我拿起信封抽出了那四张西式信笺。我才记起四个月以前我在怎样的心情下面收到你的来信。我那时没有写什么话，就把你的信放在书堆里，以后也就忘记了它。直到今天，在这样的一个雨夜，你的信又突然在我的眼前出现了。朋友，你想，这时候我还能够把它放在一边，自己安静地躺回到床上闭着眼睛睡觉吗？

为了这书，我曾在黑暗中走了九英里的路，而且还经过三个冷僻荒凉的墓场。那是在去年九月二十三夜，我去香港，无意中见到这书，便把袋中仅有的钱拿来买了。这钱我原本打算留来坐bus回鸭巴甸的。

在你的信里我读到这样的话。它们在四个月

以前曾经感动了我。就在今天我第二次读到它们，我还仿佛跟着你在黑暗中走路，走过那些荒凉的墓场。你得把我看做你的一个同伴，因为我是一个和你一样的人，而且我也有过和这类似的经验。这样的经验我确实有的太多了。从你的话里我看到了一个时期的我的面影。年光在我的面前倒流过去，你的话使我又落在一些回忆里面了。

你说，你希望能够更深切地了解我。你奇怪是什么东西把我养育大的？朋友，这并不是什么可惊奇的事，因为我一生过的是“极平凡的生活”。我说过，我生在一个古老的家庭里，有将近二十个的长辈，有三十个以上的兄弟姊妹，有四五十个男女仆人，但这样简单的话是不够的。我说过我从小就爱和仆人在一起，我是在仆人中间长大的。但这样简单的话也还是不够的。我写出了一部分的回忆，但我同时也埋葬了另一部分的回忆。我应该写出的还有许多许多的事情。

是什么东西把我养育大的？我常常拿这个问题问我自己。当我这样问的时候，最先在我的脑子里浮动的就是一个“爱”字。父母的爱，骨肉的爱，人间的爱，家庭生活的温暖，我的确是一个被人爱着的孩子。在那时候一所公馆便是我的世界，我的天堂。我爱一切的生物，我讨好所有的人。我愿意揩干每张脸上的眼泪，我希望看见幸福的微笑挂在每个人的嘴边。

然而死在我的面前走过了。我的母亲闭着眼睛让人把她封在棺材里。从此我的生活里缺少了一样东西。父亲的房间突然变得空阔了。我常常在几间屋子里跑进跑出，唤着“妈”这个亲爱的字。我的声音白白地被寂寞吞食了，墙壁上母亲的照片也不看我一眼。死第一次在我的心上投下了阴影。我开始似懂非懂地了解恐怖和悲痛的意义了。

我渐渐地变成了一个爱思想的孩子。但是孩子的心究竟容易忘记，我不会整天垂泪。我依旧带笑带吵地过日子。孩子的心就像一只羽毛刚刚长成的小鸟，它要飞，飞，只想飞往广阔的天空去。

幼稚的眼睛常常看不清楚。小鸟怀着热烈的希望展翅向天空飞去，但是一下子就碰着铁丝网落了下来。这时我才知道，自己并不是在自由的天空下面，却被人关在一个铁丝笼里。家庭如今换上了一个面目，它就是阻碍我飞翔的囚笼。

然而孩子的心是不怕碰壁的。它不知道绝望，它不知道困难，一次做失败的事情，还要接二连三地重做。铁丝的坚硬并不能够毁灭小鸟的雄心。经过几次的碰壁以后，连安静的孩子也知道反抗了。

同时在狭小的马房里，我躺在那些病弱的轿夫的烟灯旁边，听他们叙述悲痛的经历；或者在寒冷的门房里，傍着黯淡的清油灯光，听衰老的仆人绝望地倾诉他们的胸怀。那些没有希望只是忍受苦刑般地生活着的人的故事，在我的心上投下了第二个阴影。而且我的眼睛还看得见周围的一切。一个抽大烟的仆人周贵偷了祖父的字画被赶出去做了乞丐，每逢过年过节，偷偷地跑来，躲在公馆门前石狮子旁边，等着机会央求一个从前的同事向旧主人讨一点赏钱，后来终于冻馁地死在街头。老仆人袁成在外面烟馆里被警察接连捉去两次，关了几天才放出来。另一个老仆人病死在门房里。我看见他的瘦得像一捆柴的身子躺在大门外石板上，盖着一张破席。一个老轿夫出去在斜对面一个亲戚的家里做看门人，因为别人硬说他偷东西，便在一个冬天的晚上用了一根裤带吊死在大门内。当这一切在我的眼前发生的时候，我含着眼泪，心里起了火一般的反抗的思想。我说我不要做一个少爷，我要做一个站在他们一边，帮助他们的人。

反抗的思想鼓舞着这只不知天高地厚的小鸟用力往上面飞，要冲破那个铁丝网。但铁丝网并不是软弱的翅膀所能够冲破的。碰壁的次数更多了。这其间我失掉了第二个爱我的人——父亲。

我悲痛我的不能补偿的损失。但是我的生活使我没有时间专为个人的损失悲哀了，因为这个富裕的大家庭在我的眼前变成了一个专制的王国。仇恨的倾轧和争斗掀开平静的表面爆发了。势力代替了公道。许多可爱的年轻的生命在虚伪的礼教的囚牢里挣扎、受苦、憔悴、呻吟以至于死亡。然而我站在旁边不能够帮助他们。同时在我的渴望发展的青年的灵魂上，陈旧的观念和长辈的威权像磐石一样沉重地压下来。“憎恨”的苗于是在我的心上发芽生叶了。接着“爱”来的就是这个“恨”字。

年轻的灵魂是不能相信上天和命运的。我开始觉得现在社会制度的不合埋了。我常常狂妄地想：我们是不是能够改造它，把一切事情安排得更好一点。但是别人并不了解我。我只有在书本上去找寻朋友。

在这种环境中我的大哥渐渐地现出了疯狂的倾向。我的房间离大厅很近，在静夜，大厅里的任何微弱的声音我也可以听见。大厅里放着五六乘轿子，其中有一乘是大哥的。这些时候大哥常常一个人深夜跑到大厅上，坐到他的轿子里面去，用什么东西打碎轿帘上的玻璃。我因为读书睡得很晚，这类声音我不会错过。我一听见玻璃破碎声，我的心就因为痛苦和愤怒痛起来了。我不能够再把心关在书上，我绝望地拿起笔在纸上涂写一些愤怒的字眼，或者捏紧拳头在桌上捶。

后来我得到了一本小册子，就是克鲁泡特金的《告少年》（这是节译本）。我想不到世界上还有这样的书！这里面全是我想说而没法说得清楚的话。它们是多么明显，多么合理，多么雄辩。而且那种带煽动性的笔调简直要把一个十五岁的孩子的心烧成灰了。我把这本小册子放在床头，每夜都拿出来，读了流泪，流过泪又笑。那本书后面附印着一些警句，里面有这样的一句话："天下第一乐事，无过于雪夜闭门读禁书。"我觉得这是千真万确的。从这时起，我才开始明白什么是正义。这正义把我的爱和恨调和起来。

但是不久，我就不能以"闭门读禁书"为满足了。我需要活动来发散我的热情；需要事实来证实我的理想。我想做点事情，可是我又不知道应该怎样地开头去做。没有人引导我。我反复地翻阅那本小册子，译者的名字是真民，书上又没有出版者的地址。不过给我这本小册子的人告诉我可以写信到上海新青年社去打听。我把新青年社的地址抄了下来，晚上我郑重地摊开信纸，怀着一颗战栗的心和求助的心情，给《新青年》的编者写信。这是我一生写的第一封信，我把我的全心灵都放在这里面，我像一个谦卑的孩子，我恳求他给我指一条路，我等着他来吩咐我怎样献出我个人的一切。

信发出了。我每天不能忍耐地等待着，我等着机会来牺牲自己，来消耗我的活力。但是回信始终没有来。我并不抱怨别人，我想或者是我还不配做这种事情。然而我的心并不曾死掉，我看见上海报纸上载有赠送《夜未央》的广告，便寄了邮票去。在我的记忆还不曾淡去时，书来了，是一个剧本。我形容不出这本书给我的激动。它给我打开了一个新的眼界。我第一次在另一个国家的青年为人民争自由谋幸福的斗争里找到了我的梦景中的英雄，找到了我的终身的事业。

大概在两月以后，我读到一份本地出版的

《半月》，在那上面我看见一篇《适社的旨趣和组织大纲》，这是转载的文章。那意见和那组织正是我朝夕所梦想的。我读完了它，我的心跳得很厉害。我无论如何不能够安静下去。两种冲突的思想在我的脑子里争斗了一些时候。到夜深，我听见大哥的脚步声在大厅上响了，我不能自主地取出信纸摊在桌上，一面听着玻璃打碎的声音，一面写着愿意加入“适社”的信给那个《半月》的编辑，要求他作我的介绍人。

这信是第二天发出的，第三天回信就来了。一个姓章的编辑亲自送了回信来，他约我在一个指定的时间到他的家里去谈话。我毫不迟疑地去了。在那里我会见了三四个青年，他们谈话的态度和我家里的人完全不同。他们充满了热情、信仰和牺牲的决心。我把我的胸怀，我的痛苦，我的渴望完全吐露给他们。作为回答，他们给我友情，给我信任，给我勇气。他们把我当作一个知己朋友。从他们的谈话里我知道“适社”是重庆的团体，但是他们也想在这里成立一个类似的组织。他们答应将来让我加入他们的组织，和他们一起工作。我告辞的时候，他们送给我几本“适社”出版的宣传册子，并且写了信介绍我给那边的负责人通信。

事情在今天也许不会是这么简单，这个时候人对人也许不会这么轻易地相信，然而在当时一切都是非常自然。这个小小的客厅简直成了我的天堂。在那里的两小时的谈话照彻了我的灵魂。我好像一只被风暴打破的船找到了停泊的港口。我的心情昂扬，我带着幸福的微笑回到家里。就在这天的夜里，我怀着佛教徒朝山进香时的虔诚，给“适社”的负责人写了信。

我的生活方式渐渐地改变了，我和那几个青年结了亲密的友谊。我做了那个半月刊的同人，后来也做了编辑。此外我们还组织了一个团体：均社。我自称为“安那其主义者”，就是从那时候开始的。团体成立以后就来了工作。办刊物、通讯、散传单、印书，都是我们所能够做的事情。我们有时候也开秘密会议，时间是夜里，地点总是在僻静的街道，参加会议的人并不多，但大家都是怀着严肃而紧张的心情赴会的。每次我一个人或者和一个朋友故意东弯西拐，在黑暗中走了许多路，听厌了单调的狗叫和树叶飘动声，以后走到作为会议地点的朋友的家，看见那些紧张的亲切的面孔，我们相对微微地一笑，那时候我的心真要从口腔里跳了出来。我感动得几乎不觉到自己的存在了。友情和信仰在这个阴暗的房间里开放了花朵。

但这样的会议是不常举行的，一个月也不过召集两三次，会议之后是工作。我们先后办了几种刊物，印了几本小册子。我们抄写了许多地址，亲手把刊物或小册子一一地包卷起来，然后几个人捧着它们到邮局去寄发。五一节来到的时候，我们印了一种传单，派定几个人到各处去散发。那一天天气很好，我挟了一大卷传单，在离我们公馆很远的一带街巷里走来走去，直到把它们散发光了，又在街上闲步一回，知道自己没有被人跟着，才放心地到约定集合的地方去。每个人愉快地叙述各自的经验。这一天我们就像在过节。又有一次我们为了一件事情印了传单攻击当时统治省城的某军阀。这传单应该贴在几条大街的墙壁上。我分得一大卷传单回到家里。晚上我悄悄地叫一个小听差跟我一起到十字街口去。他拿着一碗浆糊。我挟了一卷传单，我们看见墙上有空白的地方就把传单贴上去。没有人干涉我们。有几次我们贴完传单走开了，回头看时，一两个黑影子站在那里读我们刚才贴上去的东西。我相信在夜里他们要一字一字地读完它，并不是容易的事情。

《半月》是一种公开的刊物，社员比较多而复杂。但主持的仍是我们几个人。白天我们中间有的人要上学，有的人要做事，夜晚我们才有空聚在一起。每天晚上我总要走过几条黑暗的街巷到“半月社”去，那是在一个商场的楼上。我们四五个人到了那里就忙着卸下铺板，打扫房间，回答一些读者的信件，办理种种的杂事，等候那些来借阅书报的人，因为我们预备了一批新书报免费借给读者。我们期待着忙碌的生活，宁愿忙得透不过气来。共同的牺牲的渴望把我们大家如此坚牢地系在一起。那时候我们只等着一个机会来交出我们个人的一切，而且相信在这样的牺牲之后，理想的新世界就会跟着明天的太阳一同升起来。这样的幻梦固然带着孩子气，但这是多么美丽的幻梦啊！

我就是这样地开始了我的社会生活的。从那时起，我就把我的幼年深深地埋葬了。……

窗外刮起大风，关着的窗门突然大开了。雨点跟着飘了进来。我面前的信笺上也溅了水。写好的信笺被风吹起，散落在四处。我不能够继续写下去了，虽然我还有许多话没有向你吐露。我想，我不久还有机会给你写信，叙述那些未说到的事情。我不知道我上面的话能不能够帮助你更了解我。但是我应该感谢你，因为你的信给我唤起了这许多可宝贵的回忆。那么就让这风把我的祝福带给你罢。现在我也该躺一会儿了。

1936年8月深夜。

我的几个先生[①]

我接到了你的信函，这的确是意外的，然而它使我更高兴。不过要请你原谅我，我失掉了你的通信地址，没法直接寄信给你，那么就让我在这里回答你几句，我相信你能够看见它们。

那天我站在开明书店的货摊旁边翻看刚出版的《中流》半月刊创刊号，你走过来问我一两件事，你的话很短，但是那急促而颤抖的声音却达到了我的心的深处。我和你谈了几句话，我买了

---

① 本篇最初发表于一九三六年九月二十五日《中流》第一卷第二期。

一本《中流》，你也买了一本。我看见你到柜上去付钱，我又看见你匆匆地走出书店，我的眼前还现着你的诚恳的面貌。我后来才想起我忘记问你的姓名，我又因为这件事情而懊恼了。

第二天意外地来了你的信，你一开头就提起《我的幼年》这篇文章，你说了一些令人感动的话。朋友，我将怎样回答你呢？我的话对你能够有什么帮助呢？我的一番话并不能够解除谁的苦闷；我的一封信也不能够给谁带来光明。我不能说："我是世界的光，跟从我的，就不在黑暗里走，必要得着生命的光。"① 因为我是一个平凡到极点的人。

朋友，相信我，我说的全是真话。我不能够给你指出一条明确的路，叫你马上去交出生命。你当然明白我们生活在什么样的时代，处在什么样的环境；你当然知道我们说一句什么样的话，或者做一件什么样的事，就会有什么样的结果。

① 见《新约·约翰福音》第八章第十二节。

要交出生命是很容易的事情，但是困难却在如何使这生命像落红一样化着春泥，还可以培养花树，使来春再开出灿烂的花朵。这一切你一定比我更明白。路是有的，到光明去的路就摆在我们的面前，不过什么时候才能够达到光明，那就是问题了。这一点你一定也很清楚。路你自己也会找到。这些都用不着我来告诉你。但是对于你的来信我觉得我仍然应该写几句回答的话。你谈起我的幼年，你以为你比从前更了解我，你说我说出了你很久就想说而未说出的话，你告诉我你读我的《家》读了一个通夜，你在书里见到你自己的面影——你说了那许多话。你现在完全知道我是在怎样的环境里长成的了。你的环境和我的差不多，所以你容易了解我。

我可以坦白地说，《我的幼年》是一篇真实的东西。然而它不是一篇完整的文章，它不过是一篇长的作品的第一段。我想写的事情太多了，而我的拙劣的笔却只许我写出这么一点点。我是那么仓卒地把它结束了的。现在我应该利用给你写信的机会接着写下去。我要来对你谈谈关于我的先生的话，因为你在来信里隐约地问起“是些什么人把你教育成了这样的”。

在给香港朋友的信里，我说明了“是什么东西把我养育大的”。现在我应该接着来回答“是些什么人把我教育成了这样的”这个问题了。这些人不是在私塾里教我识字读书的教书先生，也不是在学校里授给我新知识的教员。我并没有受到他们的什么影响，所以我很快地忘记了他们。给了我较大影响的还是另外一些人，倘使没有他们，我也许不会成为现在这个样子。

我的第一个先生就是我的母亲。我已经说过使我认识“爱”字的是她。在我幼小的时候，她是我的世界的中心。她很完满地体现了一个“爱”字。她使我知道人间的温暖；她使我知道爱与被爱的幸福。她常常用温和的口气，对我解释种种的事情。她教我爱一切的人，不管他们贫或富；她教我帮助那些在困苦中需要扶持的人；她教我同情那些境遇不好的婢仆，怜恤他们，不要把自己看得比他们高，动辄将他们打骂。母亲自己也处过不少的逆境。在大家庭里做媳妇，这苦处是不难想到的。① 但是母亲从不曾在我的眼前淌过泪，或者说过什么悲伤的话。她给我看见的永远是温和的、带着微笑的脸。我在一篇短文里说过："我们爱夜晚在花园上面天空中照耀的星群，我们爱春天在桃柳枝上鸣叫的小鸟，我们爱那从树梢洒到草地上面的月光，我们爱那使水面现出明亮珠子的太阳。我们爱一只猫，一只小鸟。我们爱一切的人。"这个爱字就是母亲教给我的。

因为受到了爱，认识了爱，才知道把爱分给别人，才想对自己以外的人做一些事情。把我和这个社会联起来的也正是这个爱字，这是我的全性格的根柢。

---

① 《家》里面有一段关于母亲的话，还是从大哥给我的信里摘录下来的："她又含着眼泪把她嫁到我们家来做媳妇所受的气一一告诉我。……爹以过班知县的身份进京引见去了。她在家里日夜焦急地等着……这时爹在北京因验看被驳，陷居京城。消息传来，爷爷时常发气，家里的人也不时揶揄。妈心里非常难过。……她每接到爹的信总要流一两天的眼泪。"

因为我有这样的母亲，我才能够得到允许（而且有这种习惯）和仆人、轿夫们一起生活。我的第二个先生就是一个轿夫。

轿夫住在马房里，那里从前养过马，后来就专门住人。有三四间窄小的屋子。没有窗，是用竹篱笆隔成的，有一段缝隙，可以透进一点阳光，每间房里只能放一张床，还留一小块地方做过道。轿夫们白天在外面奔跑，晚上回来在破席上摆了烟盘，把身子缩成一堆，挨着鬼火似的灯光慢慢地烧烟泡。起初在马房里抽大烟的轿夫有好几个，后来渐渐地少了。公馆里的轿夫时常更换。新来的年轻人不抽烟，境遇较好的便到烟馆里去，只有那个年老瘦弱的老周还留在马房里。我喜欢这个人，我常常到马房里去，躺在他的烟灯旁边，听他讲种种的故事。他有一段虽是悲痛的却又是丰富的经历。他知道许多许多的事情，他也走过不少的地方，接触过不少的人。他的老婆跟一个朋友跑了，他的儿子当兵死在战场上。他孤零零的活着，在这个公馆里他比谁更知道社会，而且受到这个社会不公平的待遇。他活着也只是痛苦地挨日子。但是他并不憎恨社会，他还保持着一个坚定的信仰：忠实地生活。用他自己的话来说："火要空心，人要忠心。"他这"忠心"并不是指奴隶般地服从主人。他的意思是忠实地依照自己的所信而活下去。他的话和我的母亲的话完全两样。他告诉我的都是些连我母亲也不知道的事情。他并不曾拿"爱"字教我。然而他在对我描绘了这个社会的黑暗面，或者叙说了他自己的悲痛的经历以后，就说教似地劝告我："要好好地做人，对人要真实，不管别人待你怎样，自己总不要走错脚步。自己不要骗人，不要亏待人，不要占别人的便宜。……"我一面听他这一类的话，一面看他的黑瘦的脸、陷落的眼睛和破衣服裹住的瘦得见骨的身体，我看见他用力从烟斗里挖出烧过两次的烟灰去拌新的烟膏，我心里一阵难受，但是以后禁不住想是什么力量使他到了这样的境地还说出这种话来！

马房里还有一个天井，跨过天井便是轿夫们

的饭厅，也就是他们的厨房。那里有两个柴灶。他们做饭的时候，我常常跑去帮忙他们烧火。我坐在灶前一块石头上，不停地把干草或者柴放进灶孔里去。我起初不会烧火，看看要把火弄灭了，老周便把我拉开，他用火钳在灶孔里弄几下，火就熊熊地燃了起来。他放下火钳得意地对我说："你记住，火要空心，人要忠心。"的确，我到今天还记得这样的话。

我从这个先生那里略略知道了一点社会情况。他使我知道在家庭以外还有所谓社会，而且他还传给我他那种生活态度。日子一天一天像流星似地过去。我渐渐地长大起来。我的脚终于跨出了家庭的门限。我认识了一些朋友，我也有了新的经历，在这些朋友中间我找到了我的第三个先生。

我在一篇题作《家庭的环境》的回忆里，曾经提到对于我的智力的最初发展有帮助的两个人，那就是我的大哥和一个表哥。我跟表哥学过三年的英文；大哥买了不少的新书报，使我能够贪婪地读它们。但是我现在不把他们列在我的先生里面，因为我在这里说的是那些在生活态度上（不是知识上）给了我很大的影响的人。

在《我的幼年》里，我叙说过我怎样认识那些青年朋友。这位先生就是那些人中间的一个。他是《半月》的一个编辑，我们举行会议时总有他在场；我们每天晚上在商场楼上半月报社办事的时候，他又是最热心的一个。他还是我在外国语专门学校的同学，班次比我高。我刚进去不久，他就中途辍了学。他辍学的原因是要到裁缝店去当学徒。他的家境虽不宽裕，可是还有钱供他读书。但是他认为“不劳动者不得食”，说“劳动是神圣的事”①。他为了使他的言行一致，毅然脱离了学生生活，真的跑到一家裁缝店规规矩矩地行了拜师礼，订了当徒弟的契约。每天他坐在裁缝铺里勤苦地学着做衣服，傍晚下工后才到报社来服务。他是一个近视眼，又是初学手艺，所以每晚他到报社来的时候，手指上密密麻麻地满是针

---

① 他很喜欢当时一个流行的标语：“人的道德为劳动与互助：唯劳动乃能生活；唯互助乃能进化。”

眼。他自己倒高兴，毫不在乎地带着笑容向我们叙述他这一天的有趣的经历。我们不由得暗暗地佩服他。他不但这样，同时还实行素食。我们并不赞成他的这种苦行，但是他实行的毅力和刻苦的精神却使我们齐声赞美。

他还做过一件使我们十分感动的事，我曾把它写进了我的小说《家》。事情是这样的：他是《半月》的四个创办人之一，他担负大部分的经费。刊物每期销一千册，收回的钱很少。同时我们又另外筹钱刊印别的小册子，他也得捐一笔钱。这两笔款子都是应当按期缴纳不能拖延的。他家里是姐姐管家，不许他“乱用”钱。他找不到钱就只好拿衣服去押当，或是当棉袍，或是当皮袍。他怕他姐姐知道这件事，他出去时总是把拿去当的衣服穿在身上，走进了当铺以后才脱下来。当了钱就拿去缴月捐。他常常这样办，所以他闹过热天穿棉袍的笑话，也有过冬天穿夹袍的事情。

我这个先生的牺牲精神和言行一致的决心，以及他不顾一切毅然实行自己主张的勇气和毅力，在我的生活里留下了不可磨灭的影响。我第一次在他的身上看见了信仰所开放的花朵。他使我第一次知道一个人的毅力会做出什么样的事情。母亲教给我“爱”；轿夫老周教给我“忠实”（公道）；朋友吴教给我“自己牺牲”。我虽然到现在还不能够做到像他那样地“否定自己”，但是我的行为却始终受着这个影响的支配。

朋友，我把我的三个先生都简略地告诉你了。你现在大概可以明白是些什么人把我教育到现在这个样子的罢。我自己相当高兴，我毕竟告诉了你一些事情，这封信不算是白白地写了。

1936 年 9 月。

关于《家》（十版代序）[1]

——给我的一个表哥

请原谅我的长期的沉默，我很早就应该给你写这封信的。的确我前年在东京意外地接到你的信时，我就想给你写这样的一封信。一些琐碎的事情缠住我，使我没有机会向你详细解释。我只写了短短的信。它不曾把我的胸怀尽情地对你吐露，使你对我仍有所误解。你在以后的来信里提

① 本篇最初发表于 1937 年 3 月 15 日出版的《文丛》月刊第 1 卷第 1 号，题为《“家”》，收入《短简》时改为《关于〈家〉》。

到我的作品《家》，仍然说“剑云固然不必一定是我，但我说写得有点像我——”一类的话。对这一点我后来也不曾明白答复，就随便支吾过去。我脑子里时常存着这样一个念头：我将来应该找一个机会向你详细剖白；其实不仅向你，而且还向别的许多人，他们对这本小说都多少有过误解。

许多人以为《家》是我的自传，甚至有不少的读者写信来派定我为觉慧。我早说过“这是一个错误”。但这声明是没有用的。在别人看来，我屡次声明倒是“欲盖弥彰”了。你的信便是一个例子。最近我的一个叔父甚至写信来说：“至今尚有人说《家》中不管好坏何独无某，果照此说我实在应该谢谢你笔下超生了……”你看，如今连我的六叔，你的六舅，十一二年前常常和你我在一起聚谈游玩的人也有了这样的误解。现在我才相信你信上提到的亲戚们对我那小说的“非议”是相当普遍的了。

我当时曾经对你说，我不怕一切“亲戚的非议”。现在我的话也不会是两样。一部分亲戚以为我把这本小说当作个人泄愤的工具，这是他们不了解我。其实我是永远不会被他们了解的。我跟他们是两个时代的人。他们更不会了解我的作品，他们的教养和生活经验在他们的眼镜片上涂了一层颜色，他们的眼光透过这颜色来看我的小说，他们只想在那里面找寻他们自己的影子。他们见着一些模糊的影子，也不仔细辨认，就连忙将它们抓住，看作他们自己的肖像。倘使他们在这肖像上发见了一些自己不喜欢的地方（自然这样的地方是很多的），便会勃然作色说我在挖苦他们。只有你，你永远是那么谦逊，你带着绝大的忍耐读完了我这本将近三十万字的小说，你不曾发出一声怨言。甚至当我在小说的末尾准备拿“很重的肺病”来结束剑云的“渺小的生存”时①，你也不发出一声抗议。我佩服你的大量，但是当我想到许多年前在一盏清油灯旁边，我跟着你一字

① 关于剑云的结局，在《家》的初版本里有这样一句话：“……我知道他患着很重的肺病，恐怕活不到多久了”（第四十章）。现在我把它改作了“他身体不好，应该好好休息”。

一字地读英文小说的光景，我不能不起一种悲痛的心情。你改变得太多了。难道是生活的艰辛把你折磨成了这个样子？那个时候常常是你给我指路，你介绍许多书籍给我，你最初把我的眼睛拨开，使它们看见家庭以外的种种事情。你的家境不大宽裕，你很早就失掉了父亲，母亲的爱抚使你长大成人。我们常常觉得你的生活里充满着寂寞。但是你一个人勇敢地各处往来。你自己决定了每个计划，你自己又一一实行了它。我们看见你怎样跟困难的环境苦斗，而得到了暂时的成功。那个时候我崇拜你，我尊敬你那勇敢而健全的性格，这正是我们的亲戚中间所缺乏的。我感激你，你是对我的智力最初的发展大有帮助的人。在那个时候，我们的亲戚里面，头脑稍微清楚一点的，都很看重你，相信你会有一个光明的前途。然而如今这一切都变成了渺茫的春梦。你有一次写信给我说，倘使不是为了你的母亲和妻儿，你会拿“自杀”来做灵药。我在广州的旅舍里读到这封信，那时我的心情也不好，我只简单地给你写了一封短信，我不知道用了什么样的安慰的话回答你。总之我的话是没有力量的。你后来写信给我，还说你“除了逗弄小孩而外，可以说全无人生乐趣”；又说你“大概注定只好当一具活尸”。我不能够责备你像你自己责备那样。你是没有错的。一个人的肩上挑不起那样沉重的担子，况且还有那重重的命运的打击（我这里姑且用了“命运”两个字，我所说的命运是“社会的”，不是“自然的”）。你的改变并不是突然的。我亲眼看见那第一下打击怎样落到你的头上，你又怎样苦苦地挣扎。于是第二个打击又接着来了。一次的让步算是开了端，以后便不得不步步退让。虽然在我们的圈子里你还算是一个够倔强的人，但是你终于不得不渐渐地沉落在你所憎厌的环境里面了。我看见，我听说你是怎样地一天一天沉落下去，一重一重的负担压住了你。但你还不时努力往上面浮，你几次要浮起来，又几次被压下去。甚至在今天你也还不平似地说“消极又不愿”的话，从这里也可看出你跟剑云是完全不同的两种人，你们的性格里绝对没有共同点。他是一个柔弱、怯懦的性格。剑云从不反抗，从不抱怨，也从没有想到挣扎。他默默地忍受他所得到的一切。他甚至比觉新还更软弱，还更缺乏果断。其实他可以说是根本就没有计划，没有志愿。他只把对一个少女的爱情看作他生活里的唯一的明灯。然而他连他自己所最宝贵的感情也不敢让那个少女（琴）知道，反而很谦逊地看着另一个男子去取得她的爱情。你不会是这种人。也许在你的生活里是有一个琴存在的。的确，那个时候我有过这样的猜想。倘使这猜想近于事实，那么你竟然也像剑云那样，把这个新生的感情埋葬在自己的心底了。但是你仍然不同，你不是没有勇气，而是没有机会，因为在以后不久你就由“母亲之命媒妁之言”跟另一位小姐结了婚。否则，那个“觉民”并不能够做你的竞争者，而时间一久，你倒有机会向你的琴表白的。现在你的妻子已经去世，你的第一个孩子也成了十四岁的少年，我似乎不应该对你说这种话。但是我一提笔给你写信说到关于

《家》的事情，就不能不想到我们在一起所过的那些年代，当时的生活就若隐若现地在我的脑子里浮动了。这回忆很使我痛苦，而且激起了我的愤怒。固然我不能够给你帮一点忙。但是对你这些年来的不幸的遭遇，我却是充满了同情，同时我还要代你叫出一声“不平之鸣”。你不是一个像剑云那样的人，你却得着了剑云有的那样的命运。这是不公平的！我要反抗这不公平的命运！

然而得着这个不公平的命运的，你并不是第一个，也不是最后的一个。做了这个命运的牺牲者的，同时还有无数的人——我们所认识的，和那更多的我们所不认识的。这样地受摧残的尽是些可爱的、有为的、年轻的生命。我爱惜他们，为了他们，我也应当反抗这个不公平的命运！

是的，我要反抗这个命运。我的思想，我的工作都是从这一点出发的。

我写《家》的动机也就在这里。我在一篇小说里曾经写过：“那十几年的生活是一个多么可怕的梦魇！我读着线装书，坐在礼教的监牢里，眼看着许多人在那里面挣扎、受苦，没有青春，没有幸福，永远做不必要的牺牲品，最后终于得着灭亡的命运。还不说我自己所身受到的痛苦！……那十几年里面我已经用眼泪埋葬了不少的尸首，那些都是不必要的牺牲者，完全是被陈腐的封建道德、传统观念和两三个人的一时的任性杀死的。我离开旧家庭，就像甩掉一个可怕的阴影，我没有一点留恋。……”①

这样的话你一定比别人更了解。你知道它们是多么真实。只有最后的一句是应该更正的。我说没有一点留恋，我希望我能够做到这样。然而理智和感情常常有不很近的距离。那些人物，那些地方，那些事情，已经深深地刻在我的心上，任是怎样磨洗，也会留下一点痕迹。我想忘掉他们，我觉得应该忘掉他们，事实上却又不能够。到现在我才知道我不能说没有一点留恋。也就是这留恋伴着那更大的愤怒，才鼓舞起我来写一部

① 见短篇小说《在门槛上》。

旧家庭的历史，是的，“一个正在崩溃中的封建大家庭的全部悲欢离合的历史。”

然而单说愤怒和留恋是不够的。我还要提说一样更重要的东西，那就是信念。自然先有认识而后有信念。旧家庭是渐渐地沉落在灭亡的命运里面了。我看见它一天一天地往崩溃的路上走。这是必然的趋势，是被经济关系和社会环境决定了的。这便是我的信念（这个你一定了解，你自己似乎就有过这样的信念）。它使我更有勇气来宣告一个不合理的制度的死刑。我要向一个垂死的制度叫出我的 J’accuse（我控诉①）。我不能忘记甚至在崩溃的途中它还会捕获更多的“食物”：牺牲品。

所以我要写一部《家》来作为一代青年的呼吁。我要为过去那无数的无名的牺牲者“喊冤”！我要从恶魔的爪牙下救出那些失掉了青春的青年。这个工作虽是我所不能胜任的，但是我不愿意逃

---

① 我控诉：法国小说家左拉（1840—1902）的一篇杂文的题目。

避我的责任。

写《家》的念头在我的脑子里孕育了三年。后来得到一个机会我便写下了它的头两章，以后又接着写下去。我刚写到“做大哥的人”那一章（第六章），报告我大哥自杀的电报就意外地来了。这对我是一个不小的打击。但因此坚定了我的写作的决心，而且使我感到我应尽的责任。

我当初刚起了写《家》的念头，我曾把小说的结构略略思索了一下。最先浮现在我的脑子里的就是那些我所熟悉的面庞，然后又接连地出现了许多我所不能够忘记的事情，还有那些我在那里消磨了我的童年的地方。我并不要写我的家庭，我并不要把我所认识的人写进我的小说里面。我更不愿意把小说作为报复的武器来攻击私人。我所憎恨的并不是个人，而是制度。这也是你所知道的。然而意外地那些人物，那些地方，那些事情都争先恐后地要在我的笔下出现了。其中最明显的便是我大哥的面庞。这和我的本意相违。我不能不因此而有所踌躇。有一次我在给我大哥的信里顺便提到了这件事，我说，我恐怕会把他写进小说里面（也许是说我要为他写一部小说，现在记不清楚了），我又说到那种种的顾虑和困难。他的回信的内容却出乎我意料之外。他鼓舞我写这部小说，他并且劝我不妨“以我家人物为主人公”。他还说：“实在我家的历史很可以代表一般家族的历史。我自从得到《新青年》等书报读过以后我就想写一部这样的书。但是我写不出来。现在你想写，我简直喜欢得了不得。希望你把它写成罢。……”我知道他的话是从他的深心里吐出来的。我感激他的鼓励。但是我并不想照他的话做去。我不要单给我们的家族写一部特殊的历史。我所要写的应该是一般的封建大家庭的历史。这里面的主人公应该是我们在那些家庭里常常见到的。我要写这种家庭怎样必然地走上崩溃的路，走到它自已亲手掘成的墓穴。我要写包含在那里面的倾轧、斗争和悲剧。我要写一些可爱的年轻的生命怎样在那里面受苦、挣扎而终于不免灭亡。我最后还要写一个旧礼教的叛徒，一个幼稚然而大胆的叛徒。我要把希望寄托在他的身上，要他给我们带进来一点新鲜空气，在那个旧家庭里面我们是闷得透不过气来了。

我终于依照我自己的意思开始写了我的小说。我希望大哥能够读到它，而且把他的意见告诉我。但是我的小说刚在《时报》上发表了一天，那个可怕的电报就来了。我得到电报的晚上，第六章的原稿还不曾送到报馆去。我反复地读着那一章，忽然惊恐地发觉我是把我大哥的面影绘在纸上了。这是我最初的意思，而后来却又极力想避免的。我又仔细地读完了那一章，我没有一点疑惑，我的分析是不错的。在十几页原稿纸上我仿佛看出了他那个不可避免的悲惨的结局。他当时自然不会看见自己怎样一步一步地走近悬崖的边沿。我却看得十分清楚。我本可以拨开他的眼睛，使他能够看见横在面前的深渊。然而我没有做。如今刚有了这个机会，可是他已经突然地落下去了。我待要伸手救他，也来不及了。这是我终生的遗憾。我只有责备我自己。

我一夜都不曾闭眼。经过了一夜的思索，我最后一次决定了《家》的全部结构。我把我大哥作为小说的一个主人公。他是《家》里面两个真实人物中的一个。

然而，甚至这样，我的小说里面的觉新的遭遇也并不是完全真实的。我主要地采取了我大哥的性格。我大哥的性格的确是那样的。

我写觉新、觉民、觉慧三弟兄，代表三种不同的性格，由这不同的性格而得到不同的结局。觉慧的性格也许跟我的差不多，但是我们做的事情不一定相同。这是瞒不过你的。你在觉慧那样的年纪时，你也许比他更勇敢。我三哥从前也比我更敢作敢为，我不能够把他当作觉民。在女人方面我也写了梅、琴、鸣凤，也代表三种不同的性格，也有三个不同的结局。至于琴，你还可以把她看作某某人。但是梅和鸣凤呢，你能够指出她们是谁的化身？自然这样的女子，你我也见过几个。但是在我们家里，你却找不到她们。那么再说剑云，你想我们家里有这样的一个人吗？不要因为找不到那样的人，就拿你自己来充数。你要知道，我所写的人物并不一定是我们家里有的。我们家里没有，不要紧，中国社会里有！

我不是一个冷静的作者。我在生活里有过爱和恨，悲哀和渴望；我在写作的时候也有我的爱和恨，悲哀和渴望的。倘使没有这些我就不会写小说。我并非为了要做作家才拿笔的。这一层你一定比谁都明白。所以我若对你说《家》里面没有我自己的感情，你可以责备我说谎。我最近又翻阅过这本小说，我最近还在修改这本小说。在每一篇页、每一字句上我都看见一对眼睛。这是我自己的眼睛。我的眼睛把那些人物，那些事情，那些地方连接起来成了一本历史。我的眼光笼罩着全书。我监视着每一个人，我不放松任何一件事情。好像连一件细小的事也有我在旁做见证。我仿佛跟着书中每一个人受苦，跟着每一个人在魔爪下面挣扎。我陪着那些年轻的灵魂流过一些眼泪，我也陪着他们发过几声欢笑。我愿意说我是跟我的几个主人公同患难共甘苦的。倘若我因此受到一些严正的批评家的责难，我也只有低头服罪，却不想改过自新。

所以我坦白地说《家》里面没有我自己，但要是有人坚持说《家》里面处处都有我自己，我也无法否认。你知道，事实上，没有我自己，那一本小说就不会存在。换一个人来写，它也会成为另一个面目。我所写的便是我的眼睛所看见的；人物自然也是我自己知道得最清楚的。这样我虽然不把自己放在我的小说里面，而事实上我已经在那里面了。我曾经在一个地方声明过："我从没有把自己写进我的作品里面，虽然我的作品中也浸透了我自己的血和泪，爱和恨，悲哀和欢乐。"我写《家》的时候也决没有想到用觉慧代表我自己。固然觉慧也做我做过的事情，譬如他在"外专"读书，他交结新朋友，他编辑刊物，他创办阅报处，这些我都做过。他有两个哥哥，我也有两个哥哥（大哥和三哥），而且那两个哥哥的性情也和我两个哥哥的相差不远。他最后也怀着我有过的那种心情离开家庭。但这些并不能作为别人用来反驳我的论据。我自己早就明白地说了："我偶尔也把个人的经历加进我的小说里，但这也只是为着使小说更近于真实。而且就是在这些地方，我也注意到全书的统一性和性格描写的一致。"①我的性格和觉慧的也许十分相像。然而两个人的遭遇却不一定相同。我比他幸福，我可以公开地和一个哥哥同路离开成都。他却不得不独自私逃。我的生活里不曾有过鸣凤，在那些日子里我就没有起过在恋爱中寻求安慰的念头。那时我的雄心比现在有的还大。甚至我孩子时代的幻梦中也没有安定的生活与温暖的家庭。为着别人，我的确祷祝过"有情人终成眷属"；对于自己我只安放了一个艰苦的事业。我这种态度自然是受了别人（还有书本）的影响以后才有的。我现在也不想为它写下什么辩护的话。我不过叙述一件过去的事实。我在《家》里面安插了一个鸣凤，并不是因为我们家里有过一个叫做翠凤的丫头。关于这个

① 见《爱情的三部曲》的《总序》

女孩子，我什么记忆也没有。我只记得一件事情：我们有一个远房的亲戚要讨她去做姨太太，却被她严辞拒绝。她在我们家里只是一个“寄饭”的婢女，她的叔父苏升又是我家的老仆，所以她还有这样的自由。她后来快乐地嫁了人。她嫁的自然是一个贫家丈夫。然而我们家里的人都称赞她有胆量。撇弃老爷而选取“下人”，在一个丫头，这的确不是一件容易的事情。因此我在小说里写鸣凤因为不愿意到冯家去做姨太太而投湖自尽，我觉得并没有一点夸张。这不是小说作者代鸣凤出主意要她走那条路；是性格，教养，环境逼着她（或者说引诱她）在湖水中找到归宿。

现在我们那所“老宅”已经落进了别人的手里。我离开成都十多年就没有回过家。我不知道那里还留着什么样的景象（听说它已经成了“十家院”）。你从前常常到我们家里来。你知道我们的花园里并没有湖水，连那个小池塘也因为我四岁时候失脚跌入的缘故，被祖父叫人填塞了。代替它的是一些方砖，上面长满了青苔。旁边种着桂树和茶花。秋天，经过一夜的风雨，金沙和银粒似的盛开的桂花铺满了一地。馥郁的甜香随着微风一股一股地扑进我们的书房。窗外便是花园。那个秃头的教书先生像一株枯木似地没有感觉。我们的心却是很年轻的。我们弟兄姊妹读完了“早书”就急急跑进园子里，大家撩起衣襟拾了满衣兜的桂花带回房里去。春天茶花开繁了，整朵地落在地上，我们下午放学出来就去拾它们。柔嫩的花瓣跟着手指头一一地散落了。我们就用这些花瓣在方砖上堆砌了许多“春”字。

这些也已经成了捕捉不回来的飞去的梦景了。你不曾做过这些事情的见证。但是你会从别人的叙述里知道它们。我不想重温旧梦。然而别人忘不了它们。连六叔最近的信里也还有“不知尚能忆否……在小园以茶花片砌‘春’字事耶”的话。过去的印迹怎样鲜明地盖在一些人的心上，这情形只有你可以了解。它们像梦魇一般把一些年轻的灵魂无情地摧残了。我几乎也成了受害者中的一个。然而“幼稚”救了我。在这一点我也许像觉慧，我凭着一个单纯的信仰，踏着大步向一个简单的目标走去：我要做我自己的主人！我偏偏要做别人不许我做的事，有时候我也不免有过分的行动。我在自己办的刊物上面写过几篇文章。那些论据有时自己也弄不十分清楚。记得烂熟的倒是一些口号。有一个时候你还是启发我的导师，你的思想和见解都比我的透彻。但是“不顾忌，不害怕，不妥协”，这九个字在那种环境里却意外地收到了效果，它们帮助我得到了你所不曾得着的东西——解放（其实这只是初步的解放）。觉慧也正是靠了这九个字才能够逃出那个在崩溃中的旧家庭，去找寻自己的新天地；而“作揖主义”和“无抵抗主义”却把年轻有为的觉新活生生地断送了。现在你翻读我的小说，你还不能够看出这个很明显的教训么？那么我们亲戚间的普遍的“非议”是无足怪的了。

你也许会提出梅这个名字来问我。譬如你要我指出那个值得人同情的女子。那么让我坦白地答复一句：我不能够。因为在我们家里并没有这样的一个人。然而我知道你不会相信，或者你自已是相信了，而别的人却不肯轻信我的话。你会指出某一个人，别人又会指出另一个，还有人出来指第三个。你们都有理，或者都没理；都对或者都不对。我把三四个人合在一起拼成了一个钱梅芬。你们从各人的观点看见她一个侧面，便以为见着了熟人。只有我才可以看见她的全个面目。梅穿着“一件玄青缎子的背心”，这也是有原因的。许多年前我还是八九岁的孩子的时候，我第一次看见了一个像梅那样的女子，她穿了“一件玄青缎子的背心”。她是我们的远房亲戚。她死了父亲，境遇又很不好，说是要去“带发修行”。她在我们家里做了几天客人，以后就走了。她的结局怎样我不知道，现在我连她的名字也记不起来，要去探问她的踪迹更是不可能的了。只有那件玄青缎子的背心还深深地印在我的脑子里。

我写梅，我写瑞珏，我写鸣凤，我心里充满着同情和悲愤。我还要说我那时候有着更多的憎恨。后来在《春》里面我写淑英、淑贞、蕙和芸，我也有着这同样的心情。我深自庆幸我把自己的感情放进了我的小说里面，我代那许多做了不必要的牺牲品的女人叫出了一声："冤枉!"

我的这心情别人或许不能了解，但是你一定明白。我还是一个五六岁的小孩的时候，在我姐姐的房里我找到了一本《列女传》。是插图本，下栏有图，上栏是字。小孩子最喜欢图画书。我一页一页地翻看着。图画很细致，上面尽是些美丽的古装女子。但是她们总带着忧愁、悲哀的面容。有的用刀砍断自己的手，有的投身在烈火中，有的在汪洋的水上浮沉，有的拿宝剑割自己的头颈。还有一个年轻的女人在高楼上投缳自尽。都是些可怕的故事！为什么这些命运专落在女人身上?我不明白！我问姐姐，她们说这是《列女传》。我依旧不明白。我再三追问。她们的回答是：女人的榜样！我还是不明白。我一有机会便拿了书去求母亲给我讲解。毕竟是母亲知道的事情多。她告诉我：那是一个寡妇，因为一个陌生的男子拉了她的手，她便当着那个人把自己这只手砍下来。这是一个王妃，宫里起了火灾，但是陪伴她的人没有来，她不能够一个人走出宫去，便甘心烧死在宫中。那边是一个孝女，她把自己的身子沉在水里，只为了去找寻父亲的遗体（母亲还告诉我许多许多可怕的事情，我现在已经忘记了）。听母亲的口气她似乎羡慕那些女人的命运。但是我却感到不平地疑惑起来。为什么女人就应该为了那些可笑的封建道德和陈腐观念忍受种种的痛苦，而且甚至牺牲自己的生命？为什么那一本充满血腥味的《列女传》就应该被看作女人的榜样？我那孩子的心不能够相信书本上的话和母亲的话，虽然后来一些事实证明出来那些话也有"道理"。我始终是一个倔强的孩子。我不能够相信那个充满血腥味的"道理"。纵然我的母亲、父亲、祖父和别的许许多多的人都拥护它，我也要起来反抗。我还记得一个堂妹的不幸的遭遇。她的父母不许她读书，却强迫她缠脚。我常常听见那个八九岁女孩的悲惨的哭声，那时我已经是十几岁的少年，而且已经看见几个比我年长的同辈少女怎样在旧礼教的束缚下憔悴地消磨日子了。

我的悲愤太大了。我不能忍受那些不公道的事情。我常常被逼迫着目睹一些可爱的生命怎样任人摧残以至临到那悲惨的结局。那个时候我的心因爱怜而苦恼，同时又充满了恶毒的诅咒。我有过觉慧在梅的灵前所起的那种感情。我甚至说过觉慧在他哥哥面前说的话：“让他们来做一次牺牲品罢。”

我不忍掘开我的回忆的坟墓，“那里面不知道埋葬了若干令人伤心断肠的痛史！”我的积愤，我对于不合理的制度的积愤直到现在才有机会倾吐出来。我写了《家》，我倘使真把这本小说作为武器，我也是有权利的。

希望的火花有时也微微地照亮了我们家庭里的暗夜。琴出现了。不，这只能说是琴的影子。便是琴，也不能算是健全的女性。何况我们所看见的只是琴的影子。我们自然不能够存着奢望。我知道我们那样的家庭里根本就产生不出一个健全的性格。但是那个人，她本来也可以成为一个张蕴华（琴的全名），她或许还有更大的成就。然而环境薄待了她，使她重落在陈旧的观念里，任她那一点点的锋芒被时间磨洗干净。到后来，一个类似惜春（《红楼梦》里的人物）的那样的结局就像一个狭的笼似地把她永远关在里面了。

如果你愿意说这是罪孽，那么你应该明白这是谁的罪过。什么东西害了你，也就是什么东西害了她。你们两个原都是有着光明的前途的人。

然而我依旧寄了一线的希望在琴的身上。也许真如琴所说，另一个女性许倩如比她“强得多”。但是在《家》里面我们却只看见影子的晃动，她（许倩如）并没有把脸完全露出来。

我只愿琴将来不使我们失望。在《家》中我已经看见希望的火花了。

——难道因为几千年来这条路上就浸饱了女人的血泪，所以现在和将来的女人还要继续在那里断送她们的青春，流尽她们的眼泪，呕尽她们的心血吗？

——难道女人只是男人的玩物吗？

——牺牲，这样的牺牲究竟给谁带来了幸福呢？①

琴已经发出这样的疑问了。她不平地叫起来。她的呼声得到了她同代的姊妹们的响应。

关于《家》我已经写了这许多话。这样地反复剖白，也许可以解除你和别的许多人对这部作品的误解。我也不想再说什么了。《家》我已经读过了五遍。这次我重读我五六年前写成的小说，我还有耐心把它从头到尾修改了一次。我简直抑制不住自己的感情，我想笑，我又想哭，我有悲愤，我也有喜悦。但是我现在才知道一件事情：

青春毕竟是美丽的东西。

不错，我会牢牢记住：青春是美丽的东西。那么就让它作为我的鼓舞的泉源吧。

巴金　1937年2月。

---

① 见《家》第二十五章。

我的故事[1]

我在大太阳下面跑了半天的路，登了五十级楼梯，到了一个地方[2]，刚刚揩了额上的汗珠坐下，你的信就映入我的眼帘。我拆开信封，你那陌生而古怪的笔迹刺着我的眼睛。我看了几个字，把信笺放回到信封里；我又去拆第二封信。……我把别的几封信都匆忙地读了，同你的信一起放

① 本篇最初发表于一九三六年十月十日《大公报·文艺》。

② 一个地方：指当时的文化生活出版社，在上海福州路四三六号三楼。

在衣袋里。我和这个地方的人说了几句话，便又匆匆地走下五十级楼梯，跑到街心去了。刚好前面停着一辆无轨电车，我一口气跑了过去。车子正要开动，我连忙跳了上去。车厢里人很少，我占着宽敞的座位。过了一会儿，我的心的跳动渐渐地恢复了常态，我可以把思想集中在一件事情上面了，我便取出你的信来，仔细地但很费力地读了一遍，我不曾遗漏一个字，甚至写在你的名字下面的日期。那么一个悲痛的日子①！我不会把它忘掉。在你的名字上面写着的“一个小孩子”五个字，更使我深深地感动。

电车到了一个站头，我下了车。我半跑半走地到了另一个地方，又登上几十级楼梯，在一个窄小的编辑室②里坐下来，我开始校对一篇我的稿子，就是关于那个悲痛的日子的文章③。关于

---

① 悲痛的日子：指九月十八日。

② 编辑室：指当时在北四川路的良友图书公司的编辑室。

③ 文章：指《文季月刊》（良友公司发行）一九三六年九月号的《卷头语》。

那个日子我应该写一篇有力的东西。但是文句从我的笔下流到纸上，却变成多么软弱的句子了。生在这个时代，连我们的手和我们的舌头都似乎被什么东西钳住了似的，然而我们却尽管昂着头得意地走在街上说我们是自由的人！我校完那篇短文，我望着镶在它四周的宽黑边，一阵暗云在我的眼前飞过，我的心变得沉重起来。甚至那油墨印出的字迹也在对着我哭泣了。我不能够忍耐。我反抗地把校样折起发回给排字工人，我反抗地做出笑脸，对朋友们说了好几句话。于是有人来通知说，一个从乡下来的朋友在下面等着见我。我便走了下去。

四年的分别使我几乎不认识那个年轻友人了。四年前我和他有过一次谈话的机会。后来他托一位朋友转给我一只剥制过的小鳄鱼。那个热带动物至今还爬在我的书架上。它的尾巴被一个朋友的小孩折断了一节，但是它的口还凶恶地大大张开。我每次望着它那个好像要把我吞下去的大嘴，就想起了南国灿烂的阳光、明亮的河流、长春的树木，尤其是那些展示了生命之丰富与美丽的大树。我的寒冷的房间因此渐渐地暖起来。这温暖也曾帮助我写成一些文章。我感谢那个朋友，但是我却没有机会向他表示谢忱。这一天我见到他。我们到附近一个咖啡店①里去谈了一个多钟头。他是从炎热的南洋来的，在那边他每天都喝咖啡，可是现在他说他不大喝它了。我从前看见他的时候，他似乎是一个健谈的人，如今他却不大开口了。每一次我闭了嘴看他，他的眼光停在我的脸上，他脸上的肌肉微微地动着，嘴也微微地动着，他似乎有许多不寻常的话要说出来。但是他只说了三四句寻常的话又沉默了。我很了解他：他不愿意回到守旧的乡村，想在都市里找到一个职业，只求能够简单地生活下去，为社会做一点有益的事情，为自己求得更多的学识。他这样一个大学毕业生找职业，要求并不高，但是这个社会上到处都是墙壁，没有一道门为他开过半扇。我后来

① 咖啡店：指街角的“安乐园”。当时有人找我或靳以谈话，我们常常约他或她在那里见面。

问过一个朋友，得到的回答是："大学毕业生，不敢碰。"别人以为"小事情不敢请大学生屈就"，而大事情却又被有势力的人"捷足先登"了。这是一个普遍的悲剧。在我们这个国家里要个别地找到个人的出路，似乎很艰难。我怀着痛苦的心情勉强做出笑容，对这位朋友说了不少安慰和鼓励的话。他好像渐渐地兴奋起来了。但是从咖啡店出来，我和他在街口握手告别的时候，我仔细地回想到刚才对他说的那些话，我又有一种痛苦不安的感觉。我的那些话对他能够有什么帮助呢？我不是白白地浪费了他的光阴么？

我回到编辑室，看见写字桌上有一封从北方来的信，也是一个不认识的朋友写的，我拆开信，取出那几张作为信笺的稿纸，我忽然胆怯起来，我不敢看它们，我就把它们揣在怀里。过了一阵一个电话打来，要我再到我先前离开的那个地方去，有人在那里等我。我匆忙地走到无轨电车的站头。无轨电车又把我带到先前来过的地方。我又登了五十级楼梯走到三层楼上。在这里我和不曾约定而无意间碰在一起的几个朋友，谈了将近一个多钟头的闲话。我又应该回到一点多钟前离开的那个地方去。因为那边还有朋友等着我一道吃饭，现在是吃饭的时候了。我从这里邀了一个朋友和我同去。

我们到了一家广东饭馆①，另一个朋友②交了一封信给我。一位患着肺病而不得不在南京一个机关里当小职员的友人③用快信告诉我，他的太太死了。一个影子在我的眼前掠过。我恍惚地看见了死的面影。我的心变得沉重了。我和这位友人两年多不通信了，和他的太太分别还是四年前的事。我记得很清楚：在北平的一个秋天的傍晚，那位脸颊红红的年轻太太，从她的母家小心翼翼地抱了新缝的铺盖到公寓里来，那情景还非常鲜明地现在我的眼前。这一对病弱的夫妇给了我不少的友情的温暖。我更不能忘记他们送我到车站

① 广东饭馆：指北四川路虬江路口的“新雅”。
② 另一个朋友：指靳以（1909—1959）。
③ 友人：指缪崇群（1907—1945）。

的情景，那一天我们谈了许多话，但以后这些都成了春梦。我离开了他们，飘游了不少的地方，回到上海住了将近一年以后，在这个上海的秋天的傍晚，却意外地得到他的信，知道他的太太“在上月二十五日傍晚已经死去了，她想挣扎再也不能挣扎地向生活永诀了”。那位朋友接着还说：“她临死的时候还说：她死，我将是世界上一个最飘泊的人。我飘泊到什么地方去，又为什么要飘泊，她就没有给我接说，连我也不知道！”

我反复地读着信，我几乎当着几个朋友的面流下眼泪来，但是我终于用绝大的努力忍住了。我甚至开始大声说笑话。我似乎完全忘记了朋友的事情。然而在我的眼前还不时晃动着那两片红红的脸颊，和那一张苍白色的瘦削的脸。

我们在饭馆里坐了一个多钟头，安静地走出来，看见街上飞驰的兵车和惊慌的行人，才知道一个重大的“事件”突然发生了。一些市街在

“友邦”军队①的警戒下断绝了交通。我看见了不少的枪刺，绕了不少的圈子，并且靠了一个黄包车夫的帮助，才回到了家。我怀着激动的心情，读了那个北方青年朋友的使人感动的信函。我也怀着激动的心情，给他写了回信②。我还继续写我的长篇小说③。这些时候外面静得如在一座古城，只有一些兵车的声音来打破这窒息人的沉寂。我一直写到凌晨四点多钟。

朋友，你看，对于你那两页信笺我所能答复的就只是这最后的两行。（你说：“我很愿意知道你现在的情形，告诉我一些关于你的故事罢。那么我们中间会了解的。”）我只能够简略地告诉你一点点我的生活情形。你看我是一个多么软弱无力的人，而且我过的又是多么平凡的生活啊！

你说：“我永远忘不了从你那里得来的勇气。”你说：“你给了我生活的勇气。你给了我战斗的力

---

① “友邦”军队：指日本海军陆战队。

② 回信：见《答一个北方青年朋友》。

③ 长篇小说：指《春》，当时在《文季月刊》上连载。

量。”朋友，你把我过分地看重了。倘使你真的有那勇气，真的有那力量，那么应该说是社会把你磨练出来的。你这个“陌生的十几岁的女孩”，你想不到现在是你给了我勇气，使我写出上面那些事情的。那么让我来感谢你罢。

1936 年 9 月。

关于《春》[①]

我自己是爱《春》的。你奇怪为什么会有那许多懦弱的人？你问我为什么要“残酷地把他们表现在纸上”？我看见的那样的人太多了。我的兄弟姊妹中大半都是这样的。唯其懦弱，才会被人逼着做了不必要的牺牲。那些可爱的青年的生命到现在还不能从我的心上消去，然而他们早已灭亡了。我看得很清楚。他们是不该牺牲、不必牺牲，而终于做了不必要的牺牲的。这并不是偶然

① 本篇最初发表于一九三七年一月《青年界》第十一卷第一号。

的事情，这在前几年还是很普通的事实。甚至前几天我还收到一个年轻人从内地寄来的长信，叙述着和这相类的事。

我在《忆》里面写过：“一个黑影来掩盖了我的灵魂。……黑影渐渐扩大起来，跟着它就来了许多事情。一个打击之上又加上第二个。眼泪、呻吟、叫号、挣扎，最后就是悲剧的结局。一个一个的青年的生命横遭摧残，有的离开了这世界，留下一些悲痛的回忆给别人；有的就陷落在泥坑里面不能自拔。……那许多的生命，那许多被我爱过的生命在我的心上刻了深的迹印。我能够把他们完全忘掉么？我把这一切已经埋葬了这么多的年月，为什么到现在还会有这样长的梦？这样痛苦的梦？甚至使我在今天还提笔来写《春》……”为了这些年轻的生命，我应该写一部小说，以后我就把他们完全掩埋了。

1936年11月。

我的路[①]

朋友，想不到我在《大公报·双十特刊》上发表的文章这么快就得到了你的“响应”。你的短短的信函很使我感动。我应该感谢你，因为我的确需要一些在暗中监督我的朋友，何况现在写这信来的又是我素来佩服的你。

的确我不应该用伤感的调子来叙述《我的故事》，我不应该用这么软弱的信来回答一个充满着热情和勇气的孩子。我的那文章的结尾本来应该

① 本篇最初发表于一九三六年十月二十五日《中流》第一卷第四期。

照下面的样子写的：

你说："我永远忘不了从你那里得来的勇气。"你又说："你给了我生活的勇气。你给了我战斗的力量。"朋友，你把我过分地看重了。倘使你真的有那勇气，真的有那力量，那么应该说是社会把你磨炼出来的。你这个"陌生的十几岁的女孩"。倒是你说了正确的话："去年一二九学生运动的高潮把我鼓舞起来，使我坚决地走上民族解放斗争的路途！在这半年的战斗中我得着不少的活知识与宝贵的经验。我抛弃了个人主义的孤立状态而走向集体的生活当中。我爱群众，我生活在他们中间。是的，我要把个人的幸福建筑在劳苦大众的幸福上。我要把我的生命、青春献给他们。"你看，现在是你来给我勇气使我写出上面的那些事情的。那么让我来感谢你罢。

朋友，你知道我，我的文章全是在匆忙中写成的。我常常连修改的余裕也没有，所以我往往不能够把我的意见解释明白，以致为人误解。最近居然有人在小报上大谈我的“悲哀”了，据说我“永远在黑暗中摸索，找不到一线的光明”。而说这话的人却似乎是永远生活在光明里面的。

朋友，你不要惊奇，的确有人说过了那样的话。不但这样，连我自己前些时候也还在一封信函里写过：“有许多不认识的青年朋友写过信给我，他们把我当作一个诚实的朋友看待，告诉我许多事情，甚至把他们的渴望，他们的苦恼也都告诉了我，但不幸的是我并不能够解决他们的问题，因为话语是没有力量的。……”在答另一个朋友的信里我又说：“我不能够给你指出一条正确的路叫你马上去交出生命。”而且在《激流·总序》里我还明白地宣言：“我不是一个说教者，所以我不能够明确地指出一条路来。……”

我说的确实都是真话。我的意思也不能够说是十分隐晦的。但是它到了另一种人的耳边眼底却变成另外一种意思了。他们居然从这里看出了我的绝望和悲哀。而且他们很有把握地断定我不能够给人指出一条到光明的路。……他们以为这样就可以驳倒了我。还有几位京派学者和革命家在我的文章里看出了许多流泪的地方，就断定说我是一个找不到光明而终日悲哀的人。

朋友，你看，这还有什么话可说！我不知道要怎样才可以把文章写得更显明一点，使别人不会误解我。你知道我并不是悲观论者。固然我往往在文章里提过流泪的事，而且我小说的主人公也常常含着眼泪去贡献种种的牺牲。但这样的流泪不是绝望的哭泣。头脑清楚的人在绝望中不会落泪的，只有小孩遇着悲痛的事情才放声大哭。我知道许多人，他们在被感动的时候往往会淌出眼泪来。我自己看见了别人的慷慨的牺牲或任何大量的行为也会因为感激而下泪。在那种时候我一点也不绝望。我看见的倒是一线光明，而不是无边黑暗。

我自己是有了一条路的，而且我始终相信着这一条路。这十多年来我看见了不少来来往往的行人。有的在路上倒毙了，有的掉转身子朝另外的方向走去。我自己从来不曾走过一步回头路。我也曾见过不少的事情；我也会运用我的思维。倘使我永远在黑暗中摸索，我决不会像这样的活到现在。

历史绝不是骗人的东西。人类社会的演进是一个不可否认的事实。近百年来种种的进步很显明地给我们指示了道路。道路是有的，而且很显明地摆在我们的眼前。我还不曾近视到把德国元首和意国首相看作世界的唯一救星的地步。我从不曾让雾迷了我的眼睛。社会的进步有快有慢，这是事实；这进步有时明显，有时却也潜伏不现。除非人类日趋绝灭，或者社会的演进停止，否则我的路永不错误。因为这不是我一个人的路，这是所有不愿意做奴隶的人的路。这也是人类社会进化所必经的路。有人把路分为两条：一条通自由，一条向专制，但后一条并非必经的。事实上我也给人指出了一条趋向自由的路，至于什么时候才能够走到尽头，那却不是我所能知道的了。但那条到自由的路不会在我的眼中脑里变成模糊，却是我可以断言的。

我曾经在几篇文章里重复地用过“一个窒闷的暗夜压在我们的头上”一句话。这是事实，许多人都感觉到的。自然那些爱说漂亮话信口乱谈别人的悲哀的人会把黑暗当作光明，将一条窄巷看为康庄大道，向专制的路上去找自由，在封建的空气里做解放的梦，写几则文坛消息便自夸为服务了劳苦大众。但我们不会去管他们。社会必然会撇开他们而径自走它的发展的道路。漂亮的话是经不了时间磨洗的，时间犹如一面镜子，它可以照出许多人的原形。真的，在今天谁还可以拿起笔，大言不惭地对所有的人说“我面前就是那条唯一的到光明去的路，你们都跟我来”呢？

我自然没有这样做过。我没有这胆量。我的良心不许我这样做。说一句话并不是困难的事情。但重要的却在知道这样的话会生出什么样的影响。在我的全部作品里有一个共同的东西，那就是我的路。事实上我的确把路放在读者的眼前。我对一些青年朋友说，我不能给他们指出一条明确的路，这只是半句话，下半句的意义更是重要。主要点乃在我不愿叫他们“马上交出生命”，也不想自己去贡献巨大的牺牲。

我自己说得很明白：“从这里走到那黎明的将来，这其间是需要着许多许多人的牺牲做代价的。”我又说过：“把个体的生命连系在群体的生命上，在社会发展繁荣的进程中决不有个人的灭亡。”在这时代是没有个人的出路的。要整个社会、民族、人类走上了康庄大道以后，个人的一切问题才能够得着适当的解决。我说过社会的进步不会停止。它永远沿着曲折的路走向光明。但是我们可以推动它，在可能范围内使它早日达到目标。倘使一个青年来要求我指一条路，那么我就应该叫他把自己的一切拿去贡献给为社会、为民族、为人类的工作。这就是说牺牲。牺牲是一定有效果的。但这效果在将来，也许我们一生也见不到。求自由的人常常是得不到自由的。得到自由的当是后一代的人。所以那个女孩子说得好：“我要把个人的幸福建筑在劳苦大众的幸福上。我要把我的生命、青春献给他们。”这是一条很明确的路。我至今还坚决地相信着。

但是朋友，你知道我，你想，当一个纯洁的孩子怀着温柔的心来向我叙说他或她的苦闷的时候，我能够严肃地回答说：“去，把你所有的一切全交出来。把你的青春和生命都去牺牲！”虽然这是唯一的明确的路。但我望着可爱的无邪的面庞，我的口究竟说不出这种话，当我回答一个朋友说：“你当然明白我们生活在什么样的时代，处在什么样的环境，我们说一句什么样的话，或做一件什么样的事，就会有什么样的结果。”那时候我的苦痛是别人所想象不到的。话语很平凡，但是每个字都有严重的意义。在今天要交出生命的确是太容易了。只要多说两句话也可以使自己变作另一个世界的人。我也有过许多经验，我也知道许多事情。要叫一个年轻人牺牲生命，这是谁都可以做到的事。这二三十年来中国的祭坛上不知道接受了若干万的年轻的牺牲！但是我太软弱了。我爱惜他们，因为我自己也还是一个青年。即使轮着每个青年都必须到这祭坛前来贡献牺牲的时候，我们也应该使我们的生命“像落红一样化作春泥，还可以培养花树，使来春再开出灿烂的花朵”。所以我虽然不曾叫我的年轻朋友去交出生命，但我也并没有带着他们在黑暗中摸索，找不到光明。就在一个月前我还坦白地对一个朋友说过：

> 路是有的，到光明去的路就摆在我们面前。……那路你自己也会找。

我自己并不曾在黑暗中悲泣。在许多篇文章里我都明白地说我瞥见了一线的光明。横贯着我的全作品的就是那条到光明、到自由的路。走这条路是需要着大的勇气和牺牲的。我如此真实地告诉了我的年轻的读者。我让他们自己去选择、去决定。我绝对不是青年的导师。我只是一个和他们站在同等地位的友人。

朋友，我要结束这信函了。我手边一个抽屉里还有那么高的一叠信件。我应该把它们一封一封地翻开来回答。我现在随意地抽出一张信笺，一颗可爱的青年的心在纸上跳跃着。朋友，我抄一段话让你看罢：

我们有一个同学，不幸在大考时有一门功课不及格，同时她嫌她的家庭太官僚派，她已经到广东去了。她不会再回来的。但她写信来说，她过得很快活。她勇敢地去做一切。不要一点同情与怜恤。现在她带出去的钱快完了。但是她来信说："在我没有饭吃的时候，我还是会快乐地发笑的。"我们不知道她在哪里。信是由别人转。您说这样是不是青年人所适合的？

朋友，你看这也是苦恼着我们的青年的一个问题呢！

我休息一下，还要来回答这一个青年朋友的信函。我们再会罢。

1936年10月。

答一个北方青年朋友[①]

朋友，你一定想不到我是在什么样的情形下面读了你的来信的。那天晚上我和三个朋友从一家饭馆里出来，走在一条热闹的街上。行人非常拥挤，一些人带着张惶的颜色匆匆地走过，一些人用激动的声音谈话。一辆一辆的大卡车载了说着异邦语言的兵士[②]向前飞驰去了，留在我眼前的是发亮的枪刺。我不知道这周围发生了什么事

---

① 本篇最初发表于一九三六年十月五日《中流》第一卷第三期。

② 说着异邦语言的兵士：指日本兵。

情。我和朋友们走过了两条马路，便轮到我跟他们分别的时候了。我一个人坐上了黄包车，年轻的车夫拉着我朝我每天经过的马路跑去。但是前面的枪刺把我和车夫拦住了。我们折了回来，绕一个弯，但是在另一个街口我们又给阻挡了。一辆大卡车停在一个建筑物的门前，一队全武装的兵正忙着出发，沿着那条冷静的街道有三个兵士带跑带走地装置军用电话。我们绕到第三个街口，远远地就听见人们嘈杂地说：前面通不过。我已经绝望了，但是车夫还没有失掉勇气。他拖着车绕了一个大圈子，跟着那些装电话的兵士跑了一大段路。沿途只有寒冷的风和急促的皮鞋声。我看不见其他的人影！我冷清清地坐在车上，看见这些使人疑心是梦的景象，我不由得想起了许多事情。然而这一次我们意外地通过了枪刺的中间，并没有受到留难。我终于安全地到了家。我应该感谢那个车夫，倘使没有他，我一定找不到这条回家的路。

到了家，坐在我的亭子间里，我从衣袋里摸

出你的来信，怀着激动的心情读了它。你说：

这里的事太多了……我家附近有三家土药店（公卖大烟），两家高丽人的白面房子——里边的人公然敢将马路上的小孩子抱进去叫他家大人拿钱来赎。伙计将铺子的图章偷偷地拿到他们那里盖个印，他们便声明这铺子欠他们多少债……太多了，太多了。

你又说：

他们用了科举式的办法笼络年轻人的心。许多青年忘了隐在那般人身后的皮鞭，很高兴地一帮帮入了圈套，一个个挺了胸脯把证章在人前显耀着。……那般人巧妙地用读经社的名义来收买喽罗，只要赞成读经，每星期做早课似地转一遭，那你的职业很容易地就解决了。这样也收去了一部分自命风雅的人。他们现在学做七言诗，学填词，学写什么柳体赵体字；学校里也竭力提倡文言。我真不明白他们那般人居心要把青年送到什么地方去！……

朋友，你还看不清楚他们是企图来把所有的青年全变成古董吗？古董是点缀太平的东西。然而我们已经不是处在可以搬出虫蛀的古籍和腐儒的呓语来粉饰我们民族的光荣的时代了。朋友，你也该想得到你的话何等强烈地引起了我心里的共鸣！

但是在你来信的末尾我读到了这样的一段话：

你去上海之后，对于你的行动我们当然无从知晓，不过显然有一种倾向：要搅入无谓的笔战里。北方的青年很为这件事忧愁过。这里连话都不准说，在上海的人却在嚼舌头，内争，内争，有什么好争，北方读者读到那些文字心更凉了些。……

这一段话是我料不到的。可是我读到它，我

几乎要落泪了。这时候窗外正响着兵车的隆隆声，一个不可知的奇怪的命运在前面等着我们。也许明天我和这周围的一切都不会存在了，这是很可能的事情。对于这个我并没有一点害怕。但是一想到和我同时代的无数的年轻的心，我总有一点留恋。朋友，甚至在最后的一刻，倘使我还有一点点力量，我也要拿来给年轻的心添一点温暖。所以我无论如何要静下心来给你写这封信。

朋友，你得相信我，虽然我们并不认识，我们还不曾有过见面的机会，但你总多少知道一点我的为人。你想在这种时候我还有心肠来从事无谓的笔战么？……

朋友，你们北方的青年可能对上海文艺界的情形不大了解。我自己并没有参加最近的文艺论争，但我得说一句公平话，这绝不是无谓的笔战，更不能说是“内争”。这论争对于新文学的发展是有帮助的。有许多问题是要经过几次的论战后，才逐渐地明朗化而终于会得到解决的。倘使没有一切过去的论争，我们的新文学还能够发展到目前的这个阶段么？然而我并不曾写过关于这种论争的文章……

朋友，现在已是三点一刻了，外面静寂得如在一座古城。兵车的声音也听不见了。明天的事情怎样，我不能够知道。然而你对于甚至在这种时候还拿起笔给你写信的我将怎样地说话呢？你还忍心责备我在嚼舌头么？但是，朋友，请原谅我，我绝不想做一件使你们忧愁、使你们心凉的事情。

朋友，我要结束这封短信了。我手边一个抽屉里还有那么高的一叠信件。我应该把它们一封一封地检出来重读后写回信。我现在随意地抽出一张信笺，一颗多么可爱的年轻的心在纸上跳动。朋友，我抄一段话给你看罢：

我们有一个同学，不幸在大考时有一门功课不及格，同时她嫌她的家庭太官僚派，她已经到广东去了。她不会再回来的。但她写信来说，她过得很快活。她勇敢地去做一切。不要一点同情与怜恤。现在她带出去的钱快完了。但是她来信说："在我没有饭吃的时候，我还是会快乐地发笑的。"我们不知道她在哪里。信是由别人转。您说这样是不是青年人所适合的？

朋友，你看这也是一个苦恼着我们青年的问题！请你想想看，我应当怎样回答这个南方青年朋友的信呢？

1936年9月。

给一个孩子[①]

我很早就答应了给你写这一封信，却没有料到一直到今天我才有机会提笔，我不说什么求你原谅的话，因为我想这是多余的，你一定可以了解我，虽然环境、教养，甚至年龄在我们中间画了一道鸿沟，但是有时候我也可以跨过那样的距离，在你们的境界里逗留片刻。我和别的人一样，我也曾做过孩子。我知道你们的渴望和苦恼，所以我可以坦白地对你谈话。

---

① 本篇最初发表于一九三七年二月五日《中流》第一卷第十期。

你对我谈起你那个同学的事情。你说她因为“大考时有门功课不及格，同时又嫌她的家庭太官僚派”，便毅然离开家庭和学校到另一个地方去了。你说她来信告诉你“她过得很快活，她勇敢地去做一切”，不要同情与怜悯。你说她带去的钱现在快完了，但是她来信还说：“在我没有饭吃的时候，我还是会快乐地发笑的。”你告诉了我这些事情，你问起我的意见。你想从我这里得到一个回答，因为，我知道，这件事已经在你的心海里激起了巨大的波涛。你的狭隘的经验不能够安定你的心。你如今站在十字街头了。从你那两页来信里，我读出了你并未告诉我的话。我知道一个希望引诱你在思想上走了长远的路。但是我还不明白你如今停脚在何处。你也许已经走到一个交界的地方，要是你有充足的勇气，你甚至会从理想一步就跳到实行。你会像你的同学那样，不找别人商量，一下子就跑到一个陌生的地方，只凭着一点热情和勇气，冲进这个五光十色的社会里面，并不计较以后会有什么样的结果。

倘使我的推测不错，那么我觉得就应该给你一个警告了。但是你不要误会，不要以为我就赞成现在的教育方法和考试制度；不要以为我就偏爱大家庭。我绝对不会。我只想提醒你，使你把周围的情形看得更清楚一点。我说过孩子的心就像一只羽毛刚刚长成的小鸟。在羽毛还未丰满的时候，一只小鸟是不能够远走高飞的。天空固然广阔，但到处躲着那些凶猛的老鹰，它们具有尖锐的眼睛和锋利的嘴爪，准备着捕食一只迷途的幼禽。

我说的全是平凡的话，我知道这是年轻的孩子所不愿听的。最近我劝阻过一个十七岁的孩子逃出家庭。她坦白地对我说，她料不到我也会说这种平凡的话。这使我痛苦：我说了自己不愿意说的话。但是我仍然不得不这样说。这是可悲的真实。然而我还可以说这并不是完全绝望的。

那个孩子终于没有离开家庭，并不是我的话发生了效力，主要的是环境阻止了她。她有两只手、一个聪明的脑子和一个强健的身体，她还有勇气做任何繁重的工作。但是她找不到一个可以工作的地方。现在她自己也知道倘使事前没有准备，也不曾得到别人适当的援助，那么在这茫茫的社会中她究竟逃向何处去！美妙的幻梦在现实的无情的打击下渐渐地破碎了。

但是记住，我说过事情并不是完全绝望的。这现实的环境也并不是不可以克服的。那个孩子虽然放弃了她的出走的计划，可是她对于自由与活动的渴望还是像火一般地炽热，她留在那个被她看作“狭的笼”的家庭，并不是她甘愿从此做一个屈服的奴隶或者没有意志的玩偶。不，我劝阻她的本意也绝不是这样。我说她应该像一只小鸟，永远怀着冲进自由的天空里去的雄心，只等着羽毛丰满的时候的到来。我劝她：目前应该忍耐。是的，我说出了连我自己也害怕的这两个字。我恨我自己没有力量。但是要改变现实的环境，一个人的力量也很微弱。那就要靠集体的力量了。我讨厌“忍耐”，然而有时候我却不得不劝别人忍耐。这个意思很容易被人误会。不过我还可以相信自己。我说忍耐，并不是指长久的屈服。我的意思却在于“对于未来胜利的准备”。无益的牺牲是必须避免的。我们应该留着这生命和精力来贡献给更大的事业。既然我们有志向要做一两件有益于社会、民族和人类的事情，那么我们就得想到未来的长久的岁月。不要把一切的希望都付托给一时热情的冲动，决定一个计划还得靠一副冷静的头脑。倘使某一个女孩在家庭以外就没有可以信任的朋友，她对于我们这个社会又是完全陌生，或者她已经进了学校，在学校里她自然会认识一些同学，这些孩子也许都不能够给她帮忙，那么要是有一天她忽然被什么事情感动，睁开了眼睛，再不然她因为一时的气愤，或者一时感情的冲动，她觉得她不能够再在家庭里和学校内住下去了。她不愿意再过那种寄生的生活，她不愿意再留在顽固的父亲的威权下面过日子，她要跑进那个广大的世界里去，靠着自己两只洁白的手和一个正直的灵魂，建立一种合理的新生活。她的眼光是正确的，她的志向是伟大的。我们绝不能够在这个孩子的热情上浇一瓢冷水。于是她实行了她的计划，她带走了一点钱，够维持她一两个月的生活，就像你的同学那样。她走进了这个陌生的社会，她遇见了一些陌生的人，她找不到一个适当的工作。她带走的钱不久就用完了，却没有做出一件有益的事情，而且甚至不曾遇到一个指路的人。自然在这个社会里可以帮忙她给她指路的人是有的，但是他们连她的名字也不会知道，她更无法找到他们。她更有机会遇见一些骗子。这时候，你想她应该怎么办？固然你那个同学说得好："在我没有饭吃的时候，我还是会快乐地发笑的。"但是她不会笑多久，只要饿上三天，她就不会笑了。以后她只有两条路可走：不是落在更悲惨的境地里，就是垂头丧气地回到家中去。这种事情是真正发生过的，我见过，我听说过，报纸上也记载过。我还记得某一个男孩的不幸的遭遇，这是三四年前的《申报》告诉我的。我还看见几个朋友起初从反抗现社会制度的路出发，而终于走到拥护现社会制度的路上去。他们缺乏冷静的头脑，缺乏坚强的信仰，只凭着一时的热情要去冲破现社会的藩篱，经过了一而再，再而三的碰壁以后，他们便厌倦了，认为自己的理想错误，索性走到守旧的路上，让生活的担子压倒他们。他们并未曾改造社会，反而被社会改造了他们。这是很可悲的，但又是真实的事。他们归罪于理想，而其实应该责备的却是他们自己。他们当初如果看清楚一点，脚步走稳一点，也许就有更好的结果。一件重大的事情要经过长年累月的努力才能够有成就。要先下了种，然后才有收获，我以为做一件事情，也应该有步骤，有方法。一座大厦绝不能在一天里面造成，我们也无法只花一天的功夫就改变了整个社会的面目。要获取一个人的自由，也不是一天的功夫就可以做到，所以尽管我自己常常不能够忍耐，有时候我也拿“忍耐”来劝人，倘使那个人除了忍耐，在目前就没有出路的话。我说的“忍耐”是准备，不是劝人苟且偷安或者坐等机会，而是劝人自己去造机会。自然，要是一个人遇到了再也不能够忍受的情形，那么纵然是孤注一掷，我也只得由他或者她冒险去试一试。这尝试有时也会得到意外的成功。即使得到的会是失败，但轮到必须贡献牺牲的时候，一个人是不应该踌躇的。同样，倘使我们还可以用更好的办法获得更好的结果，我们就应当采用更好的方法。我翻译过一篇真实的故事，叙述六十年前一个俄罗斯女孩子怎样获得了知识与自由[①]。这个十六岁的女孩从守旧的家庭里逃出来，走了七十里以后，终于被父亲找回去了。这自然是一个大的失败。但是那个松尼亚并没有绝望。她忍耐地住在家里，设法找到了帮助她的人，商量好另外一个办法，最后她靠着这个办法安全地离开了家庭。自然年代、地域和风俗等等的差异使我们的孩子不能袭用那种办法，但这个事实却是一个很好的教训……

啊，我记起来了，你最近来信告诉我，你那

① 见英国J. Prelooker著《为了知识与自由的缘故》，收在我翻译的《门槛》内（上海文化生活出版社，一九三六年版）。

个同学到了她姐姐那里，得到姐姐的帮助，进了另一个学校。自然从一个学校换到另一个学校，这也许并不是她的本意，也许后一个学校并不比前一个学校好多少。但这究竟是一个好消息。她免得垂头丧气地回到家庭去受更严厉的拘束了！有时候一个孩子在这种情形里也会得到更好的结果。但那是偶然又偶然的了。我们不能够轻易和“偶然”打赌。我们更不应该劝人这样做。我们应该采用的却是那些更有效、更有把握的办法。

我为你写了这许多话，这些话不是对大家说的，因为对大家它们就不适用了。这些话是对个人说的，是对你们这些孩子说的。所以我愿意说得实在些，但也不免杂乱些。这样的话我已经对五六个人说过了，我还不知道会不会发生效力。我想你也许会明白它们。那么我愿意知道你对它们有什么样的感想。倘使你以为我说错了话，那么也请你记住，我说这些话也是出于好意。是的，我觉得我的揣测有错误了，我重读你最近寄来的一封信，从那封信里我看出来你并没有步你同学的后尘的意思。那么请你原谅我。

1936年11月。

答一个“陌生的孩子”[①]

你不把地址和姓名告诉我，却指定要我在某一个刊物上写几句回答的话。现在我在这里拉杂地给你写几句。我占了《中流》半月刊“补白栏”的地位，我应该请编者和读者原谅。

你看见我《给一个孩子》的那封信吗？对你我也不想再说那些话。你要知道你们前面有一个光明的前途，你们前面还有无穷尽的岁月。你今年才十六岁，那么你应该想到你会活到六七十岁。

① 本篇最初发表于一九三七年二月二十日《中流》第一卷第十一期。

所以你还有五六十年留给你自己来处理。譬如说要为将来建造那一座高塔，你就得一级一级地从底层建造到上面去。这也许会花费几十年的功夫，但不要紧，反正你还有充分的时间。不要因为一天里做不出需要几十年功夫做成的事情就灰心：一个十六岁孩子的手腕也做不出应该由壮年人来做的事业。黑暗和寒冷只是一时的现象。你记住在这以后便是光明和温暖。现在是冬天，我刚才从外面回来，还被一阵冷风割着脸发痛。但是春天不久就会到来的，我相信春天会到来的。我曾经在暴风雨下面走过十多里路，我一身的衣服全淋湿了，我的脚也很疲乏；前面是一片雨水，我望不见一个避雨的地方，我咬紧牙关不顾一切，一步一步忍耐地走着。我相信我一定会达到目的地，后来我终于达到目的地了。那场雨很可怕，但是我不让它迷了我的眼睛。你的同学们不得不把她们心爱的小说烧掉，然而新的书报又会来到她们的手里。你不能够编副刊并不是损失，因为你更应该把时间用来体验生活和研究学问，或者做点更有意义的事。一个十六岁的孩子所知道的究竟有限。我不愿意你做一个“神童”，我却希望你成为健全的人。在报纸副刊的编辑室里，你一个还在初中读书的学生能够得到一些什么，或者给别人一些什么呢？你在这样的年纪就把大部分的时间用来“选稿校稿”，你就不为将来着想么？我们姑且把人生比作一个战场，那么你这一个兵士，你把什么武器带到战地去呢？无论如何你总应该带点武器去攻击敌人、防卫自己。丰富的生活经验和正确的知识，便是最好的武器。但是你还得从别处找来这样的武器，况且你现在又有很多的机会。你要明白我不是在压抑你的热情，我也不想在你的头上浇冷水。我只想安慰你、劝导你，你要用生活的经验和正确的知识来指导你的热情。

关于我的生活，我不想告诉你们什么。谢谢你们大家的关心，我更感谢你的祝福。你问，你应该拿什么话去转告你那些朋友，那么你对他们说，我活得很平凡，活得很好，而且活得很硬。

1937 年 2 月。

给一个中学青年[①]

一

我接到了你的信。我很能够了解你的心情。在这些日子里我的悲愤和你的是同样地大。你不久会读到我的一首题作《我说，这是最后一次的眼泪了》[②] 的诗。我居然写了那样的东西！我虽然还不曾读到你所写的那些，但是我想和我写的

① 本篇最初发表于一九三二年一月一日《中学生》第二十一号。

② 见《全集》第十二卷。

也不会有两样。你看，在这一点上我们的心是连在一起的了。

然而我把你的信反复地读过几遍之后，我觉得我应该压下我的激情，用冷静的头脑来对你讲几句话。

生在这个时代中我们没有悲观的理由，而且也没有悲观的权利。生活的路很长，我们却只走了开头的一小段，我们还要经历更惨苦的岁月和更艰难的日子。但是我们一定会经历了这一切而活下去。我们生在这个世界上，并不是作为一件奢侈品来点缀太平，我们是作为一个劳动者来辛勤地工作，在荆棘中开辟一条平坦的路。正因为有荆棘，才需要我们来开路，表现我们的工作能力。只要我们有能力、有毅力来工作，荆棘便不会是我们的危险的仇敌，因为我们可以克服它。同理，这个黑暗时代正给我们一个奋斗的机会，一个可以表现我们的力量的机会。显然的，在黑暗的后面便隐藏着光明，只要我们能够把黑暗扫去，我们就可以看见光明时代的来临。所以在目前我们应该快活起来，以快活的心情从事工作。

我们的面前横着一条路。我们的确是有路可走的。这条路太明显了，我们只要把迷住我们眼睛的烟雾扫开，我们就可看见它。我们现在应当注意的是不要让烟雾迷住我们的眼睛，因为我们眼前的烟雾太多了。

的确我们是有热情而未经世故的孩子，所以我们过于相信别人，结果是我们常常受了骗。我们现在应当走我们自己的路，不要盲目地跟着别人走。

我们的年纪太轻了，我们在生活里也还应该有些享受，至少这读书的权利我们是应该有的，因为知识是人人应有的东西。假如时代真不容许我们有些微的享受，目前的时势真要逼着我们去牺牲的话，我想我们应该去的地方也并不是东北的战场，如某一些人所说的；那里应当让人民供养的军队去。我们去的地方是中国的腹地，是民间，在那里有千千万万的人需要我们的帮助，只有他们才是最痛苦的。那些在洪水、旱灾、兵祸下苟延残喘的人的悲惨的生存是没有人顾念到的。

要是我们能够走入中国的腹地去看看那些人的生活啊！然而我们并没有去看过。而更可悲的是他们实际上负担了我们的生活费用。

总之，如果目前的时势真正逼迫着我们放弃读书的权利的时候，我们的工作也并不是去向军阀请愿出兵和跟买办阶级商量经济绝交。我们的工作是到民间去，到中国的腹地去，尤其是被洪水蹂躏了的十六省的农村。在那里，在那些真正负担着整个中国的生存的人民中间，我们会知道他们真正需要的是什么，他们的幸福怎样才可以获得。他们的幸福就是我们的幸福，他们的需要就是我们的需要。那就是我们的路。如果他们还是处在水深火热之中无人过问，那么中国是绝不会得救的。

1931 年 9 月。

二

五年了！这五年来我们是在怎样的情形下面

过日子，我们记得很清楚。我们绝不是健忘的人。不仅白山黑水、广漠的原野、浓密的松林、肥沃的土地还非常鲜明地出现在我们的眼前，而且在那边铁蹄下面挣扎的我们兄弟们的呻吟和呼号，依旧洪亮地响在我们的耳边。我们不会辨别不出兄弟们的声音，我们更不会听见他们的声音而不感动！这几年来我们的确含着眼泪、怀着热血大声疾呼地响应过了。

五年了，我们的呼喊似乎并没有给我们带来什么效果。而那个威胁着我们民族的危机却是更加紧迫了。一只魔手紧紧地扼住我们的咽喉。一个浓黑的暗夜压在我们的头上，一个沦亡的命运摆在我们的眼前。到处都听得见徬徨的呼号。这五年来我们似乎一天一天地往一个无底的深渊里沉落下去了。

但是，甚至在这样的情形下面，我们依旧没有失掉我们的自信力。在今天抗敌图存的呼声比在任何时候都更响亮了。便是在最辽远荒僻的地方，也有一些兄弟们像赴盛筵一般地参加抗战。

这一次我们用事实证明我们还是一个不可分离的整体。我们的集合的努力可以将我们的命运改变而获得最后的胜利。

五年前我们就说过，那是最后一次的眼泪了。哭泣的确是一件很可羞耻的事。我们已经流了够多的眼泪，现在我们应当来笑了。我们笑，不是因为我们快乐，而是因为我们需要快乐。我们的工作是很艰苦的，我们所从事的斗争是需要着众多的牺牲的。但是痛哭流涕、慷慨悲歌不一定就有利于艰苦的工作和伟大的斗争。真正的战士便是在就义的时候也还谈笑自若。我们这民族素来以坚忍沉静著称，那么即使轮着我们来交出我们一切的时候，我们也不可以勇敢地大笑几声么？

五年了！这五年来我们什么也没有忘记。血的创伤不能够让时间磨洗掉，但是，现在让我们来笑一次。我们的笑声要飘到白山黑水那边，飘到广漠的原野、浓密的松林、肥沃的土地那边，飘到我们的兄弟们的耳边。让他们听见他们所熟习的亲爱的兄弟们的声音而得到安慰和鼓舞罢。

让他们也跟着我们痛快地笑一次罢。这五年来我们让他们在铁蹄下面过够惨苦的日子了。

1936年9月。

家[1]

隔壁房间里的挂钟敲过两点了。夜很静。亭子间里只有闷热，甚至在这时候也没有一股凉风吹进来。我的窗户大开着，可是房里桌上连那些散乱的原稿纸也不动一下。窗外隔一堵矮墙便是市街，这街如今也静得没有一点声音了。忽然楼下起了响动，一阵轻快的脚步沿着楼梯溜上来。有谁来看我么？我刚刚侧耳倾听，一只猫的叫声在屋顶上响了。

---

① 本篇最初发表于一九三六年八月十五日《作家》第一卷第五期。发表时题为《短简》。

朋友，你会奇怪为什么在这时候我还不睡觉？在这夜深我还坐在书桌前面做什么呢？朋友，你大概想不到我在读你那《旅行之书》罢！

五个月前我在一篇短文里曾提到你们的小刊物，我说：“那刊物我每期都非常热爱地读过，我甚至在那些平常的字句间看出了我十多年前的面影来。这时候我好像受着一次祝福。”这并不是虚伪的话，你们不知道像我这样的人也有过一些疑惑不安的日子，而在那些日子里我还从你们的信函中得过安慰和鼓舞。

你该不会忘记罢，——我知道你的心并不曾忘记，因为你在《旅行之书》里面还提起了《南国的梦》，——三年前我在日光岩下的旅舍里含着眼泪给你们写了怎样的一封信。那事情对于我就像在昨天发生的一般。我和洪在一家小饭馆里吃饭，那地方狭小而闷热。触鼻的臭味从四面送过来，桌面上涂着一层油腻，有一两处还积了污水。苍蝇在我的头上飞舞。我们要的菜饭许久不来。在等待的时间中我们一面揩拭额上的汗珠，一面谈论着你们的事情。渐渐地我忘了肚饥，忘了这一天长途的奔波，忘了前面的新的路程。不知道从什么地方跑来一种力量把我突然抓住了。有什么东西在我的身体内满溢着，膨胀着。我的全身发起热来。我不能够控制自己，我的话语成了断续。泪水迸出我的眼腔，又流下我的脸颊，我并不去揩拭它们，而且我也想不到去揩拭了。我们匆忙地吃了饭，急急走回旅馆。我的心跳得很厉害，我无论如何不能够静下来。我忍耐不住又谈起你们，话语不能够使我满足了。这一次我拿起了笔给你们七个人写信。在落笔的时候我常常看不清楚我的字迹，是泪水迷了我的眼睛，我畅快地哭了。我的这种眼泪是那般以“捧”和“骂”两件法宝来“服务文坛”的人所不能了解的。他们看见“哭”字马上就想到了“泪人儿”，甚至想到了“灰色”、“感伤”、“绝望”。因为他们一生就没有机会来知道还有另一种感情使得人哭的事情，虽然他们会说什么“斗争”，什么“集体的行动”一类漂亮的话。但你们不是这类的人，——请原谅我，我不该在你面前提起这一类人——你们是了解我的眼泪的。在那封信里我说在你们中间的一个星期的生活就像是一个美丽的梦。我说我实在不愿意离开我所敬爱的人去过那种所谓文人的生活。我说，白纸上写黑字算得什么，我的血里难道就没有一点儿热气！我说，我愿意做你们的一个渺小的忠实的信徒，我一定要你们知道我这时候的感激的心情。我说，我的心还在你们那里，我愿意把我的心放在你们的脚下给你们做一个柔软的脚垫，免得你们的脚太费力。

倘使没有仁来，我这封信不晓得会到什么时候才完结。但是仁毕竟来了；他的来使我们又有了愉快的谈话。我把信托他带给你们。第二天我就和洪往更远的地方走了。

一个月以后我一个人又回到日光岩下面来，却没有机会和你们相见。我在公园里浪费了半天的光阴。直到动身前四五个钟头天和另一个朋友才找着了我。这一次我们攀登了日光岩，在那顶上眺望着美丽的海，把荔枝壳一粒一粒地抛到下面海滩上去。我这时候又谈起你们，我们整整谈了两个钟头。然而时间不容许我再在这里逗留了。我怀着苦痛的心情到了船上。在一次的紧紧的握手以后，我还站在栏干前面，望着他们的坐在划子上的背影。我痴痴地望了许久，忽然一个“家”字在我的脑海里浮现出来。我想他们是回“家”去了。一阵寂寞和留恋的感情压倒了我。我仿佛是一个被充军到异域去的人，现在永离他的家乡了。

时间过得真快，一转眼便是三年。如今在三年以后巧合地我在你的《旅行之书》里找到了那个“家”字，还找到了这样的话：“相思树，那些在路旁、田畔、山岗——各处呈现着哀愁缄默的形容的相思树清晰地映入我们的眼帘来，我们便不由得想起了‘慈母手中线，游子身上衣’的诗句，于是我们中有些人更是沉默了起来。……”朋友，你说你们看见那些树林时便想到了我的那本书，因此又使你们——想到了家。你甚至说：“待到车轮转动的当儿我们真不知是情何所依了。”

我读到这样的语句时那强烈的渴望的火又把我的心熬煎起来。三年的变动的生活并不曾使我的渴慕减轻几许。我的心依旧系在你们那边。我这个游子任是走遍天涯地角，我的心还是依恋着家。而且只有想到家时，我才有勇气活下去！但是我什么时候才能够回家呢？你不知道我这时是多么地羡慕你们呵！

猫早跑去了别处。街上有一辆汽车轻轻地驰过。但很快地一切又复归于静寂，而且落在更深沉的静寂里去了。在我的面前摊开着你的《旅行之书》。亭子间里的陈设慢慢地隐去。代替它们的是那些相思树，在路旁、田畔、山岗——茂盛的生长着的相思树。我的心跟着你们的脚步走。但是我愈走离家愈远了。怎么？我又回到江南来！而且又巧合地找到了下面的话：

走了长远高低的路，出了满身的汗，费了许多力，我们终于找到了师复墓，我们找到了师复墓，是如何地欣慰呵！

落叶掩埋了一切，树枝遮蔽了天空。除了背后石壁上的“师复墓”三个绿字尚可辨认外，壁上的中文碑文和坟面的世界语碑文都模糊难辨了。墓身也受了风雨的浸损，我们看到这荒凉的情景我们的心有些沉重了。我们拍了三张照片，大家就坐在墓头沉默起来。云满天，雨欲来，这已是午后五点多钟了。

一个人，一个热爱人类的人，为人类奉献了自己的生命，他如今在这里睡了二十多年了。没有人晓得他是什么人，也没有人来看他，他在这里应是如何地寂寞呵……

夜催我们离开坟地，雨迫我们离开坟地，在暮色中我们只得沐着雨走下山来。

……“这三年来他该不会太寂寞罢，每年都有孩子们来望坟的”……

朋友，这又是一个多么奇妙的巧合呵，你说出了我心里的话，是的，那个人是不会太寂寞的，我们这里每年也有人去望坟呢！我们都不会忘记他的，三个多月前我们也是在一个落雨的日子到了那个地方。我们也是怀了沉重的心看着那荒凉的情景。而且我们也是沐着雨在暮色中匆忙地走下山来，当我最后一次回头去望那坟头时，我还在心里祷祝似地说："你是不会死的，你活在我们心里。而且将来有一天你还会活在我们的行动上罢。"

你说得不错："我们在湖上跑，以到此为最快心的了：在这里他给了我们一面生活的镜子。我们今朝是得见自己的面容了。于是我们不能不爱惜自己，我们也不能不咒诅自己——'死者长已矣，生者仍苟活。'唉，我们呵！"

但是，朋友，你且莫咒诅罢。你难道就忘记了另一个活着的人？那个将碎片集在一起用金线系起来，要在这废墟上重建起九重宝塔的被我们称为"耶稣"的人，不是同样值得我们的敬爱么：他的病怎样了？他用工作征服了疾病；用信仰克服了困难。我从没有见过如此大量，如此勇敢的人。大家好好地爱惜他罢，比爱自己还多地爱这个人罢。我相信你们，我知道你们是能够爱他的。

1936 年 8 月。

关于《发的故事》[1]

已经是三点钟了。我刚刚写完给春的信，我想应该睡觉了。我便站起来。但是一句话突然映入我的眼帘："我们的生命恐怕还不如一只蚂蚁。"好像一下铁锤打在我的头上，我又坐了下来。

这时候我想起了你给我的信和你所说的事情，我不能够沉默，我便又一次拿起笔给你写几句话。

"我们的生命恐怕还不如一只蚂蚁。"我并不曾写过这样的句子。我在一个朝鲜青年写给我一

① 本篇最初发表于一九三六年九月五日《中流》第一卷第一期。

个朋友的信里看到了这样的话。我的回忆之门突然打开了。我看见了我的过去。我看见了许多人和许多事情。那些都是被我早已埋葬了的。我不要想他们，我不配再想他们。但是他们自己来了。回忆折磨着我，逼着我写点东西。我便写了一篇小说《发的故事》。我也许不配写这种文章，但是我终于大胆地写了。

我写这篇小说是在纪念一个亡友，同时还对几个活着的友人表示一点感激的敬意。这件事情你是能够了解的。我的文章里并没有歪曲事实的地方。不过我的笔端却没有够多的力量。三年前我的《新生》在《东方杂志》刊完的时候，一个朋友就当面责备我，他说那部小说写得太软弱。在这个朋友的面前，我是无法辩解的。他太了解我这个人了。他知道我写小说不过是在浪费我的青年的生命，他怜悯我，他也常常责备我。而且我也答应过他，有一天我要抛弃写作生活，去作一点有用的事情。我写了《发的故事》，我知道他会责备我写得没有力量。

朋友，我告诉你一件事情：十年前在北京曾经出过一份叫做《高丽青年》的刊物，那边的朋友要我写一点东西，我写了一封《公开信》寄去。信里面有这样的话：

……在八月的夜晚，明月高挂在天空，微风吹动大门边槐树的枝子。我静静地望着柳的发光的眼睛，让他慢慢地把你们的斗争的全景展开在我的眼前。我渐渐地忘了自己。我跟着他到遥远的地方去了。他告诉我你们中的一个人怎样在半山里碰见了敌人，躲到白杨林里跟他们打了半天，后来又逃了出来；他告诉我你们中有四五个人被五六十个敌人围困在山顶上过了一晚，第二天早晨每个人拿着两支手枪冲下山来，打死了不少的敌人，自己也死在乱枪下面；他告诉我……

柳并没有对我说过假话。我虽然没有参加他们的斗争，但是我也认识他们中间的一部分人。至少对于他们的生活，他们的思想，他们的为人，我多少有一点点了解。我并不完全赞成他们的斗争的方式。但是我仍然尊敬他们。文人的笔算得什么？然而这壮烈的血的斗争是不能被人忘记的。殉道者的血将永远活在人们的记忆中。

朋友，你现在应该明白了罢。我不知道你的朋友中间有没有那种殉道者型的人。倘使没有的话，请允许我把下面一段沉痛的话介绍给你，这也是从那个青年朋友的信函里抄录下来的：

你说我们这个民族的人，生来就刚强，就有奋斗精神吗？不，这不是生来如此，而是环境使然的。……我们的生命恐怕还不如一只蚂蚁。在我幼小的时候，我曾亲眼见过许多的事情。把乡村里的无辜的农民任意捉去，挖地坑，倒煤油去烧。你在宽大的马路上站着看罢！一辆六匹马拉的四轮车上装满了在乡村中捕来的青年。这些是每天都可以看见的。从这个虎口逃生的青年，中国便是他们唯一的避难所。是不是连这个避难所也会失掉呢……

这样的话不知道你看了有什么感想？朋友，我相信你，你一定会了解的。

1936 年。

永远不能忘记的事情[①]

朋友，你要我告诉你关于那个老人的最后的事情。我现在不想说什么话，实在我也不能够说什么。我只给你写下一些零零碎碎的事情，我永远不能忘记的事情。

在万国殡仪馆里面，我和一些年纪差不多的朋友，过了四天严肃而悲痛的日子。灵堂中静静地躺着那个老人，每天从早到晚，许许多多的人到这里来，一个一个地或者五六个人站成一排地

① 本篇最初发表于一九三六年十一月五日《中流》第一卷第五期。发表时题为《一点不能忘却的记忆》。

向他致最深的敬礼。我立在旁边，我的眼睛把这一切全看进去了。

一个秃顶的老人刚走进来站了一下，忽然埋下头低声哭了。另一个十三四岁的女孩子已经走出了灵堂，却还把头伸进帷幔里面来，红着眼圈哀求道："让我再看一下罢，这是最后的一次了。"

灵堂里灯光不够亮。一群小学生恭敬地排成前后两列，一齐抬起头，痴痴地望着那张放大的照片。忽然一个年纪较大的孩子埋下头鞠躬了。其余的人马上低下头来。有的在第三次鞠躬以后，还留恋地把他们的头频频点着。孩子们的心是最真挚的。他们知道如今失掉一个爱护他们的友人了。"救救孩子"，我的耳边还仿佛响着那个老人的声音。

我所认识的一个杂志社的工友意外地来了。他红着脸在灵堂的一角站了片刻，孩子似地恭恭敬敬行了三个礼，然后悄悄地走开了。

我还看见一个盲人，他穿着一身整齐的西装，把一只手扶在另一个穿长衫的人的肩头，慢慢地从外面走进来。到了灵前那个引路人站住了。盲人从引路人的肩上缩回了手，向前移动一步，端端正正地立着，抬起他那看不见的眼睛茫然望了望前面，于是低下头，恭恭敬敬地行了三鞠躬礼。他又伸出手，扶在引路人的肩上默默地退去了。

两个穿和服的太太埋着头，闭着眼睛，默默地合掌祷告了一会儿。我给她们拉帷幔的时候，我看见了她们脸上的泪痕，然后在帷幔外面响起了悲痛的哭声。

我的耳朵是不会误听的，像这样的哭声我每天至少要听到几次。我的眼泪也常常被它引了出来。

我的眼睛也是不会受骗的。我看见了穿粗布短衫的劳动者，我看见了抱着课本的男女学生，我也看见了绿衣的邮差、黄衣的童子军，还有小商人、小店员，以及国籍不同、职业不同、信仰不同的各种各类的人。在这无数不同的人的脸上，我看见了一种相同的悲戚的表情。这一切的人都是被这一颗心从远近的地方牵引到这里来的。

在这些时候我常常想：这个被我们大家敬爱着的老人，他真的就死去了？我不能够相信。但是这些悲戚的面容，这些悲痛的哭泣却明白地告诉我，这个老人绝不会再坐起来，带着温和的笑容和我们交谈了。

二十一日夜里，已经过了十一点钟，我和几个朋友准备动身回家。灵堂里很静。我一个人走到灵柩前面，静静地站了四五分钟的光景。我借着黯淡的灯光，透过了那玻璃棺盖，痴痴地望着我们所熟习的那张脸：眼睛紧紧地闭着，嘴也紧紧地闭着。一种温和的表情笼罩在这张脸上。没有死的恐怖。仿佛这个老人就落在深沉的睡眠里。这四周都是鲜花扎成的花圈和花篮，晚香玉的馥郁的香气一股一股地沁入我的心肺。我不禁想着：这难道不是梦？我又想：倘使这个老人一翻身坐起来呢？

但是一个沉重的声音在我的心上叫起来：死了的不能够复活了。

死者的遗体是在这天下午入殓的。我跟着许

多朋友行了礼以后，站在人丛中，等着遗体入殓。前面一片哭声刺痛我的心。我忍不下去了，含着眼泪回过头来，无意地看见那个高身材的朋友①红着眼睛，伸出手拼命在另一个朋友②的肩头上抓。我看见他心里难过，自己心里也更难受了。在这一刻满屋子人的心都是相同的，都有一样东西，这就是——死者的纪念。

出殡的日子我和一个朋友③早晨七点半钟到了殡仪馆。别的朋友忙着在外面做事情。我一个人绕着灵柩走了一周，以后又站了片刻。我的眼前仍旧是那酣睡中的慈和的面颜，空气里依旧弥漫着浓郁的晚香玉的芬芳。我又一次想起来：这也许是梦罢，倘使他真的坐起来呢？

朋友，这不是梦。我们大家所敬爱的导师，这十年来我一直崇拜着的那位老人永远离开我们而去了。旁边花圈上一条白绸带写着“先生精神

① 高身材的朋友：指郑振铎（1898—1958）。
②③ 朋友：指靳以。

不死”。然而我心上的缺口却是永远不能填补的了。

我不能够这样地久站下去。瞻仰遗容的人开始接连地来。有的甚至是从远方赶来看他们所敬爱的老人最初的也就是最后的一面。“让我们多看几眼罢。”我伸手拉帷幔的时候，常常有人用眼睛这样地恳求。但地方是这样狭小，后面等着的人又有那么一长列，别的朋友也在催促。我怎么能够使每个人都多看他几眼呢？

下午两点钟，灵柩离开了殡仪馆，送葬的行列是很有秩序的。许多人悲痛地唱着挽歌。此外便是严肃的沉默。

到了墓地，举行了仪式以后，十三四个人抬起了灵柩。那个刚刚在纪念堂上读了哀词的朋友①，突然从人丛中跑出来，把他的手掌也放在灵柩下面。我感动地想：在这一刻所有的心都被躺在灵柩中的老人连接在一起了。

① 读哀词的朋友：指胡愈之（1896—1986）。

在往墓穴去的途中，灵柩愈来愈重了。那个押柩车来的西洋人跑来感动地用英语问道："我可以帮忙吗?"我点了点头。他默默地把手伸到灵柩下面去。

到了墓穴已经是傍晚了，大家把灵柩放下。一个架子上绑着两根带子，灵柩就放在带子上面。带子往下坠，灵柩也跟着缓缓地落下去。人们悲声低唱安息歌。在暮色苍茫中，我只看见白底黑字的旗子"民族魂"渐渐地往下沉，等它完全停住不动时，人们就把水门汀的墓盖抬了来。一下子我们就失去了一切。

"安息罢，安息罢……"这简直是一片哭声。

仪式完毕了，上弦月在天的一角露出来。没有灯光。在阴暗中群众像退潮似地开始散去。……

夜晚十点钟我疲倦地回到家里，接到了一个朋友[1]的来信，他说：

---

① 写信的朋友：指李健吾（1906—1982）。

……我如果不是让功课绊住，很想到殡仪馆去吊周先生。人死了，一切都成为神圣的了。他的人格实在伟大。他的文章实在深刻……

事实上，写信的人今天正午还到殡仪馆来过。我那时看见他，却不知道他已经寄发了这样的信。

我的书桌上摆了一本《中流》。我读了信，随手把刊物翻开，我见到这样的一句话，便大声念了出来：

他的垂老不变的青年的热情，到死不屈的战士的精神，将和他的深湛的著作永留人间。

朋友，我请你也记住这一句话。这是十分真实的。

1936 年 10 月 22 日。

病[1]

我失了信，在医院里躺了一个星期，没有打个电话给你。你也许会怪我，但是你得知道在这些时候我究竟怎样地过着日子。我告诉过你我的朋友很多，你似乎不相信。这并不是一句假话，可是在这些日子里，很少有人来看我，因为他们不知道我躺在这里。有两三个朋友是知道的，然而他们都是有繁忙的职务的人，而且我也不愿把他们有用的时间白白地花在我这里，所以在医院

① 本篇最初发表于一九三五年十二月三十日天津《大公报·文艺》。

里我只是孤零零的一个人。

这里的生活是很寂寞、很单调的。我静静地躺在病床上，不能够动弹。每天早晚有医生带着笑脸来问病，有看护小姐带着没有表情的面孔来验温度，有侍役来送饭，有看护小姐来喂饭，来铺床，还有一个看护长每天早晨匆匆走进来带笑地问一句“好吗”？这些就像一本小学教科书的书页，一页一页照例地翻过去。没有什么变化，即使意外地有一点点，这变化也是很单调的。那就像时局的变化逼着当局来修改教科书了。

这寂寞，这单调，真叫人难忍受下去。但是我都忍受了。我始终没有给任何朋友打过电话。我没有向任何人表示我也和常人一样需要安慰。我每天静静地躺在床上咬紧牙齿读书：觉得疲倦时我放下书，有了精神便又把它读下去。我来到这里的第二天，一个女医生给我取血来验的时候，我看见她把针刺进我的血管。等到她取出针来，把我的血装进一只试管里，我才看见我的血也是一样的鲜红的血。这两天我还听见从对面大病室里送来的病重的人的哀号，真是可以撕碎人心的叫声，我不知道那个人生什么病，但是他整整地叫了三天。听见这样的叫声我不能不激动。但是书帮助了我。我沉醉在未来社会的美丽的远景里，暂时忘记了四周的一切。医生来问我的病痛，我总是淡漠地答道“好”。开刀以后我整整痛了大半天，甚至在那时候医生来问我觉得怎样，我也咬紧牙关说：“不痛。”

你看，我就是这样的一个人，这在你或者别的人看来的确是一个不可理解的古怪的生物，所以无怪乎你会说我这个人“很难对付”。而且你会在我和你中间看见一堵墙（这墙还有几个人也看见过）了。……

我还记得那一个早晨的情形：我睡在担架上，一床厚的铺盖裹住我，一个看护小姐给我打了针，于是两个侍役把我抬了出去。我似梦非梦地躺着，不知道他们抬着我经过了一些什么地方。我只觉得一阵冷气向我的脸扑来。但是不久我的眼前就阴暗了。我知道他们已经把我抬进房里，而且正在上楼。进了手术间，他们就把我放在手术台上，房里有两三个看护小姐，她们似乎在忙着预备什么东西，不时地走进走出。我依旧似梦非梦地躺在那里，像一只等人宰割的猪羊。一盏异常明亮的电灯正对着我的脸部垂下来。我用手腕遮住了强烈的亮光。

医生没有来。这等待是很痛苦的，而且我心里又难过。大概过了半个钟头，也许没有这么久，几个人的脚步声响起来，有人在说英国话。我知道医生来了。于是悬垂在我的胸部和脚部上面的电灯也亮了起来。我的头给罩上了布套，我的两手也被束在台上。医生的工作就这样地开始了……

在手术台上我过了一些似梦非梦的时刻。但是麻醉药在我的身上并不曾有多大的效力。我的脑子渐渐地清晰了。我清清楚楚地感觉到医生的刀子在我的身上动。我起初只觉难受，后来又觉得痛。我的两只手不能动，就紧紧抓住垫被；我咬紧了牙关，极力不要发出叫声；我的眼睛给布套盖住了，就只能看见灯光。我忍受不住时就接连把头往左右偏动，同时急促地呼吸起来。在这时候我的确是清醒的，而且这痛苦使我变得愈加清醒了。在这短时间里，大概不过半个钟头罢，我确实忘记了一切，生与死中间的栏栅似乎已经倒了。在这时候我虽然咬紧牙关，可是我心里却不断地默念着两个字："明天。"甚至在这时候我还相信着明天，我还有勇气要征服这一切而活到明天。

但是我也得感谢一位看护小姐，我连她的面貌也没有看见，可是她的一句话救了我。有一次我忍不住无意地发出了一声轻微的叫喊，她却在旁边说："有什么痛，还没有割着呢！"这句话使我很感到惭愧，同时也给了我勇气。我对自己暗暗地说："我要忍耐到底，不应该发出痛苦的叫声。"

手术完毕以后，我的衣服完全给汗浸透了，看护小姐给我另外换了一件，便让侍役把我抬回到担架上去。我这时已经不感到痛，却只有疲倦，又沉入似梦非梦的境地中了。两个侍役抬起担架，等候看护小姐写好牌子，然后抬着我走下楼。等到又是一阵冷气微微扑在我的脸上时，我听见押着担架的看护小姐说："怎么落雪了！"一个侍役回答道："小姐，你冷，你没有披件绒线衫出来。你在里面倒不知道落雪。"另一个侍役接口催促道："走快点！"于是担架动得更厉害了。很快地他们就把我抬回到病房。

我躺在病床上，身子没有一点力气，心里很难受，伤口又时时发痛。我不想吃任何东西。我不能够闭上眼睛安睡片刻。这状态一直继续到夜间。这其间我没有发过一声呻吟。看护小姐来验温度时问我，我也只简单地回答了一个"好"。甚至在这时候我也没有失掉对于明天的信仰。我在心里还默默地念着那两个可以安慰一切、拯救一切的字：明天。

一直到这一天，还没有朋友来看过我，是我不让他们来的，他们以为我还是活泼地到处跑。即使知道我进医院的人，也不过揣想我在医院里找几天安静的休息。所以这天傍晚一个朋友派人送水果饼干来时，他甚至没有吩咐听差问两句话。但是我却对听差表示我很好。其实这时我已经躺在床上不能动弹了。

你看，我就是这么一个古怪的人，倔强的人。只有那些和我在一起生活过、奋斗过的朋友，知道我的内心的生活。倘说这倔强是虚伪，他们便会宽恕这虚伪；倘说这古怪是弱点，他们便会了解这弱点。在他们的面前我是无法辩解的。你得知道我并不是一个骄傲自满的人。……

我现在快写完第七张原稿纸了，你看，我就全在写关于我自己的话。原谅我，我不应该絮絮地向人诉说我自己的事情。但是，在这里我跟外面的世界完全隔绝了，我能够看见什么呢？能够想到什么呢？你要我把同房的病人的故事告诉你吗？不，我不能够，那全是一些惨痛的故事。丈夫的呻吟、妻子的眼泪、母亲的哭……这且不说了。甚至在这里我也看出我们社会组织的缺陷来。我到这里后已经看见好些人出院了，他们出去时脸上还带愁容，他们是不等到病完全好就出院的。他们都向医生表示过生活的负担使他们连治病的时间也没有。我尤其耽心一个患肺病的人，我恐怕他活不过三年了。

我的话似乎应该结束了，但是我还没有写完呢。在夜晚病房里倒很清静，不过有时也有些响动，因为夜间还有事情。我们这个房间八点钟就关了灯。但是我整夜都不能够闭眼，我心里难受。第二天晚上我向医生要了安眠药片吞服了，算是睡了六个钟头。然而尽做些噩梦，在梦里我好几次发出恐怖的叫声，说着大声的梦话，惊扰了同房的病人。你想不到在梦中我会变作一个健康的人，而且甚至在北平参加学生运动。啊，我真羡慕那梦中的我啊。

以后安眠药片也失掉效用了。我整夜不能够睡眠。我闭上眼睛，心里就很烦躁；睁开眼睛，墙壁上又现出梦中的图画。有一夜我就完全没有闭过眼，我的眼光穿过黑暗，停留在墙壁上，那时候热情的熬煎比手术台上的挣扎更叫人难受。

自己躺在床上不能动弹，旁观着那样激动人心的壮剧，这情形我实在受不了。

在这时候，有一样东西救了我：信仰，就是对于明天信仰。为了它我要忍耐这一切，而且我要经历过这一切而活到明天。

现在八点钟敲了。看护小姐要给我送安眠药来，医生今天答应给我另外一种有效的药，我相信医生。我今晚一定可以好好地睡一觉。那么再见罢。而且我的两只膀子已经酸痛到极点了，你可以想象到我写这封信是如何的困难，我在这里连吃饭都是要人来喂的。

我现在要放下我的自来水笔了。我不知道什么时候我才能够看见你和别的朋友，也许一个星期，也许两个星期。但是我不去管它。这痛苦、寂寞和单调可以折磨我，任凭它们拿我怎样煎熬，但是我不害怕。甚至在这个时候我还想起了这样的话：

不再有死，也不再有悲哀、哭号、疼痛。因

为以前的事都过去了。(《新约·启示录》第二十一章第四节)

我还有勇气说：

信我的人死了也必活着，凡活着信我的人必永远不死。(《新约·约翰福音》第十一章第二十五、二十六节)

你看，我太狂妄了罢。像我这样的人的确是很难了解的。要打破我们中间的墙，自然不容易。但是你真的相信我是一个“很难对付的人”吗？那么撇弃我罢。我仍然祝福你。

1935年12月。

《雷雨》在东京[①]

朋友，我今天第一次看见《雷雨》的上演了。

我——我应该从什么地方说起呢？

周围接连地起了哄笑声。我在什么地方？

在剧场厅子里坐满了观客，四周都是笑话和吵闹。这时候他的心就会感到剧痛，他会感到沙漠上似的寂寞。在这热闹的人群中似乎就只有他一个孤寂的人，他的渴望，他的苦痛是完全和那

① 本篇最初发表于一九三五年五月二十日《漫画生活》第九期。署名余一。

些人不相关联的。

在一篇小说里我曾写下了这样的句子，这并不是我的自白，我是在描写一个朋友，这你是知道的，然而告诉你如今我自己也有这感觉，这经验了。

我是在什么地方呢？在剧场，和我那朋友一样。我来这里做什么？我是来看那热闹的人群吗？我是来听那轻松的哄笑声吗？

不，绝对不。我是来看一幕人生的悲剧。不错，正在舞台上开演的《雷雨》是一幕人生的大悲剧。

我几乎不能够相信我的耳朵了，我的耳边响着的确是一些和玩具的汽球一般的一撞就破的哄笑声，而且叫人想到发这种声音的就只会是一些影子。笑声在我的耳边碎了，一个一个地碎了。

在舞台上一个被开除了的公馆里的听差，在他的贫穷的家中对着他的同样被开除了的儿女，诉说着他的苦恼。他的每一句话都会使大部分的观众发出轻松的笑声。为什么呢？难道那个演员把那听差演成了一个可笑的人物吗？不，不！自然我得承认这晚上演员们都不曾有过成功的表演，导演们也没有尽他们的职务，甚至剧本也有一些小缺点。但是舞台上的听差却和真实听差没有大的差别。舞台上的确表现了一个被践踏被侮辱的所谓下人的一生的悲剧。发出轻松的哄笑声的大部分观众是些什么人呢？那自然是我们的留学生。

“戏已经做完了，再没有可做的了，”第二幕还未演完，我旁边一位穿着学生服的专家就骄傲地发言了，他做出很不耐烦的样子，而且时时和坐在他前一排的三个女朋友说些轻松的笑话，那些小姐们是观众中最爱发笑的分子。

不错，我认得这位专家是上海某中学的毕业生。自然他不认识我。他为什么要认识我呢？他是一位专家。他在第二幕后休息时间里对我说：“这剧本简直不合戏剧原理。”呵，我几乎要笑出声来了。这位专家懂得什么戏剧原理？他大概看过几次在中国上演的话剧罢。我便回答他：“作者从事话剧运动也有好几年的历史了。我知道他写这剧本就花了三年以上的功夫。”“那么为什么我以前就没有听见过曹禺这个名字？也许他是一个演文明戏的戏子罢。”

朋友，不要责备我，说老实话，我这时候真想给他一记耳光！我不再理他了。我和他说话是我的一种耻辱。这种人只配去听鹤见祐辅的《河马》的讲演的。

大部分的听众仍然哄笑着。

舞台上的悲剧慢慢地展开了。一个受尽了践踏和侮辱的贫穷的母亲不愿意她的女儿再去走她的错误的路，她要那天真活泼的女孩给她一个约言，不再见那富家的情人。这女儿在两种爱中间挣扎着，而且甚至她，甚至在这时候她也能够看见社会制度在她母亲一家和她情人一家中间所掘的鸿沟，和她情人一家对她母亲一家所做过的不义的行为，同时也能够感到因这而起的仇恨。但是她究竟太年轻了，爱情在她身上究竟还有着不可抗拒的绝大的力量，所以当这女儿怀着牺牲的决心终于应允了母亲不再和情人见面时，这景象纵使由不熟练的演员来表演，也应该是一幕撕裂人心的悲剧。我的心起了痛楚，一个朋友几乎淌出了眼泪，而那位专家呢：他似乎又要发什么议论了。

女儿应允了母亲以后却忍不住哭出声来扑倒在母亲身上。还不能了解女儿心理的母亲流着眼泪向女儿道歉，她说她太爱女儿了，不忍心眼看着女儿受人欺负……我悲痛地掉开了头。

出乎我意料之外，观众中又起了一阵轻松的哄笑。我再看舞台，那个惹人笑的听差又出现了。他的举动是那种人所惯有的，并没有一点可笑的地方。然而少爷小姐们笑了，轻松地笑了。一阵愤怒袭击了我。在愤怒中我听见了一阵“齿！齿！”的声音，这是对那些笑声的反抗，不，这是对那些笑声表示轻蔑，表示憎厌。原来在这里还有一些人不是来寻开心的，不是来看笑话的。还有一些人，他们来这里是为了想知道一点什么，为了想看见我们这社会内部的一角。

舞台上动作继续着。于是从托尔斯太的《复活》里脱胎来的[①]那个场面展开了。“这毫无意思！”专家武断地自语说，他现了瞌睡的样子。我不知道专家的戏剧原理是什么样的东西。但我疑心专家没有看过《复活》。我读《复活》到那一段时很受感动。我以前读《雷雨》到这一段也很受感动。女的在房里喝酒，对着一盏煤油灯哭，把头俯倒在桌子上。男的在外面敲窗。女的跑去阻拦他，不让他进来……这和什么样的戏剧原理不合呢？倘使专家责备说，在这一点作者把四凤那婢女写成了一个斯拉夫的女性。这还有点道理，我觉得四凤不大像一个中国婢女。但这一层专家是不会懂得的。

第三幕完了，休息二十分钟以后，第四幕开始了。这一幕演得最失败，因为演员们临时受到警察署干涉不得不把时间缩短，场面缩短，结果第四幕只演出原剧的一半，而且成了牛头不对马

---

① 这只是我的猜想。

嘴的东西。无怪乎爱笑的观众会发出更多的哄笑了。

这些哄笑好几次引起了那个穷苦的老婆子的笑容。观众们责备那个脚色“笑台”。而其实她的笑容，使得这悲剧受了大的损害的笑容，对于这个，观众们也要负一部分的责任。

朋友，第一夜的《雷雨》就这样完结了，对于导演和演员们的失败，我不能说一句责备的话，我反而佩服他们的热心。

走出剧场，我望着拥挤的观众的背影，我奇怪他们究竟来这里干什么，这一想我的心就猛烈地痛起来了。

《雷雨》就这样完结了。我并不失望。不管它有着一些缺点，我爱它，我了解它，这并不是因为我认识那作者，事实上我自己就是在中国的旧家庭里面长大的。倘使我把我的见闻全部写出来，我在出版了《家》以后也还可以写出一本《雷雨》，虽然，我缺乏《雷雨》作者的那种卓越的才能。

但是写出来又有什么用呢?倘使写了剧本上演出来就只给那般发出轻松的哄笑声的人看!

1935年5月。

给日本友人[1]

一

现在已经是深夜十二点钟以后了。弄堂里非常静。但是我的眼前还现着一片红光。大火在烧，大半个天空映得通红，像是夕阳一抹，像是血光一片，从昨天一直燃烧到今天，在我的眼前燃烧，在我的心里燃烧。

昨天我在南京路一带看了闸北的大火，沿途

① 本篇最初连续发表于一九三七年十一月七日、二十一日《烽火》第十、十二期。

听见市民们的绝望的呼吁，怀着隔岸观火的痛苦心情，拖着疲倦的身子回到家里。我一晚上尽做噩梦。我万想不到会梦见了你，而且是在战场上，作为两个彼此不能宽恕的仇敌而相见的。

武田君，这个梦景太离奇了。我相信它不会成为事实。但是早晨醒在床上，我就听见炸弹爆炸的声音。你们的空军将士又向着没有防御能力的难民和不设防的城市轰炸了。是什么一种疯狂的力量驱使他们这样做呢？这种屠杀和平人民的权力是谁给与他们的？全世界的良心一致谴责这种罪恶，而你们却支持了它。你们让这罪恶发展下去。终于有一天连我们这些非武装的人也会被逼着拿起枪勇敢地跑上战场，去维护人道和正义的原则，保卫一个民族的生存。那时候难保我们两人不在战场上作为仇敌而相见！这是可悲的事。我并不希望有这样的一天。我和你两人中间只有友情。我也怀念着你那温顺的妻子和秀丽的芳姑儿，天真烂漫的喜姑儿。在某一个时期你们曾把我看作家族的一员给了我温暖，用体贴和关心安慰我旅中的寂寞。友情通过了国籍的不同和信仰的差异，把两颗心拉在一起。我曾经为这友谊欣喜。但是在三年以后的今天，另一种力量却突然插进来企图把这两颗心分开了。

对这力量我看你是不会反对的，你不但不反对，而且你会跟在它后面走，你会盲目地支持它。我知道你的性情，我也知道你们一般人的性情。在这里我并不想提说贵国的军阀、财阀、政客、浪人之流。我指的是你们那般安份守己、勤苦耐劳的人民。我从未把你们看作敌人，在你们中间我还有不少敬爱的师友，但是我也不能放过你们一般人的缺点。你们安份守己，所以你们常常闭着眼睛任统治者以你们的名义胡作妄为；你们忠厚老实，所以你们容易受人欺骗。你们崇拜在上面统治你们的当权者；你们相信你们的上司的话。在学校你们视教师的讲演为天经地义；进了社会你们又把报纸看作生活的指针。你们的脑子里装满了错误的观念和虚伪的消息，这使你们不认识世界，也不知道你们在这个世界上所处的地位，和所负的责任。其结果你们完全成了傀儡而甘心供野心家利用。

以上的话并非毫无根据的妄语。我在你身上就找到了例证。你可以算是贵国人的一个最好的典型，只除了迷信佛教的一点，但是贵国人中间有这种程度的迷信的人也并不少。一九三五年元旦后一天在你的家里，你的一个年轻友人从东京拿了孙俍工著的《续一个青年的梦》来，那个青年怒气冲天地说了许多话，你在旁边附和着。你们的论调差不多是一致的。只是你的话比较温和。那时我虽然不能完全听懂你们的谈话，但我也明白你们的愤怒是因为孙君在那本书的序言里对贵国军阀侵占东北四省的行为表示了愤慨而起的。孙君把书寄给武者小路氏，因为他还尊敬《一个青年的梦》的著者，他还信任白桦派的领袖作家为中国的友人，如武者小路氏一度所自称过的；他诚恳地诉于人道主义者的武者小路氏的良心，希望他出来对这危害人类繁荣的野蛮势力加以抨击。然而武者小路氏却在罪恶之前沉默了。这个非战论者辜负了异国信从者对他的信任。这还是两年前的事，最近听说武者小路氏更继山川均、林房雄之后而为军阀、政客张目。连武者小路氏也变到这样的地步，无怪乎自由主义者的室伏高信会成为军阀的爪牙，而高唱“非迅速战胜中国不可”了。

你们盲目地接受了新闻纸的虚伪的报导，你们盲从地听信了军阀、政客的恶毒的宣传，你们从不运用理智加以判断。是你们的“皇军”在中国的土地上做了种种的暴行。你们的军人烧了中国白姓的房屋，毁了中国人民的财产，害了中国人的生命。却从没有见过一个中国人带着凶器踏上你们的国土。在我们这里没有一个人想过到你们那里去妨害你们的和平生活，或者将种种暴行加到你们的身上。我们的人民从前甚至不曾想过伤害你们的一根头发。甚至对于来到这里的贵国侨民我们也诚心地加以款待和援助。中国人常常是没有种族观念的。事实上人类本来是一个整体，不能因为种族的不同而有所歧视；民族间本无所谓仇恨，一切纠纷皆由少数野心家挑拨煽惑而起。这个你们应该知道，而且我想你们也是知道的，因为我们在你们那里也曾得到一部分居民的友好的帮助，甚至使得一个友人写下了美丽的诗篇。我们从没有起过把你们看作仇敌的念头。有时候我们反而视你们为亲密的兄弟。这个也有事实为证。但是你们终于听信统治阶级的宣传，落入军阀的圈套，受到政客的利用，甘心背叛了这兄弟一般的情谊。大震灾时期中对于手无寸铁而同样遭难的中国侨民的屠杀事件，构成了贵国历史的最卑污的一页。

将无可挽救的天灾归咎于和平的异国侨民，这就是你们不用理智判断事物的表现。我们若把这个视作开端，便应该知道这类事情以后愈演愈烈终至于不可收拾，所谓“一步走错，步步都错”，不过如是。所以到今天你们居然相信贵国占领满洲并无领土野心；傀儡溥仪乃是真命天子；你们的“皇军”赶走了满洲的“马贼”，使人民能够安居乐业；你们的军人在中国真正保护侨民；

中国人是一群毫无原因地发动抗日的狂人。这些都是渺茫的神话，你们却当作真实而接受了。我看见你给文姑儿代拟寄守卫满洲的兵士的慰劳信稿。你借那个十一岁姑娘的口吻感谢他们保卫你们的“功绩”，我当时并不曾和你争论。但是一个有理性的人应该知道：纵使没有贵国的“皇军”在满洲占领土地，残杀居民，你们也可以安居乐业。你们所害怕的满洲的“马贼”（?）是不会杀到你们的岛上来的。

贵国的“皇军”占据满洲的结果，固然使中国人民遭受了巨大的损失，但是你们也并不曾得到好处。在你们的肩上增加了一笔负担，在你们中间死亡了二十万子弟，到现在满洲还只是一个冒险家的乐园，浪人棍徒的发财捷径，并没有一个善良的侨民能够在那里安居乐业。然而少数的军人却由于这个机会升了官，得了勋章。

这是一个明显的教训，它应该把你们从迷梦中唤醒起来。然而你们至今还是无动于衷，甚至发出来对于“王道的新天地”的歌颂。你们竟然愚昧到掩着身上的创伤跟在给你们以损害的军阀、政客的后面歌功颂德了。

不但这样，就是在昨天，在今天，当贵国的“皇军”在闸北纵火、焚烧中国平民的房屋、屠杀未及逃出的老百姓的时候，你们东京市民却在举行庆祝大会，成群地跑到皇宫和海陆军省的门前高呼“万岁”，我的一个朋友从无线电收音机中听到那疯狂的“万岁”的叫声，竟然悲愤地落下了眼泪。

武田君，你看，你们和平的人民竟然把贵国的军阀纵容到这样的地步！所以中国人民横遭残杀，刽子手虽为“皇军”将士，而你们也不能辞其咎。

炮声冲破了沉寂的空气。贵国的“皇军”又在表显他们的威力了。武田君，你想想看，倘使有一天你对面的山上架起了中国的大炮，向着你那所精致的小屋轰击，你会有什么样的感想？你能够把这个认为正当的行为，作为对于你们轻侮中国的一种“膺惩”么？我想你是不会的。那么对于贵国军阀的行为，你们怎么能认为正当而加以拥护呢？

1937 年 10 月 28 日。

二

窗外又是一片火光。这一次是那个古老的城市在焚烧了。许多人的生命，许多人的财产会跟着这场大火化为灰烬。爱、和平、幸福、青春、希望，在半天的功夫全成了烟云。散了，散了，一切美丽的东西全完了。在南市有十万以上的难民鹄立在街头等候租界铁门的开放，为的是逃避贵国“皇军”的枪刺。没有水喝，没有粮食充饥，他们已经在民国路一带站了三四天了，天上落着下不尽的细雨，初冬的夜是十分寒冷的，一边是吞噬一切的火光，一边是冷硬的铁门，你们“皇军”的枪刺又在不远处发亮。恐怖、痛苦、疲倦、寒冷、饥饿使这些人在三四天里就失了形。看见那无数的挥动着的手，看见那惨白的瘦削的面颜，谁想得到他们在几天前还是和平甜蜜的家庭中的父母、夫妇、子女呢？是什么人使他们堕入在这惨苦的深渊？是什么人夺去了他们的和平与幸福？武田君，这个是你们不会知道的。你们知道的只是贵国的“皇军”在那些废墟上向世界夸耀军事的胜利。你们看见的只是贵国军官的得意的笑颜。你们的目光常常是这么浅短的。

武田君，我相信你们大部分人的忠厚与诚实，这使我能够和少数贵国人士结了亲密的友谊。但是你们中间一小部分人的狡诈与狠毒却是不可宽恕的。要证明那一小部分人的卑劣的行为，在华北和南方便有不少的实例。我想你一定知道，因为你也曾游历过华北，住过上海，这个我且不说。但是无论别人怎样花言巧语，你能够相信在南市忍饥挨饿、家毁人亡的十多万难民都是凶恶的“抗日分子”而必须身受“皇军”的“膺惩”么？武田君，我想你会相信的。然而我可以向你保证，他们都是安份守己的市民，从前并不知道抗日是怎么一回事情，他们从来不是抗日分子，但是从最近起他们都变成那样的人了。这切肤之痛会在和平人民的心上留下不灭的痕迹。中国的政府从前忽略了他们。而贵国的军人现在却用刀、用枪、用火、用大炮、用炸弹把他们教育了。是“膺惩”产生了抗日行为的。这因果关系你们应该知道。

武田君，我知道在你们那里到现在还有不少的人在做征服中国的好梦。记得几年前九洲帝国大学教授某氏游历了华北返国后，就得意地发表了他的“中国必亡论”的演讲。他的论据是十分奇特的：他在天津看见一对夫妇在街上吵架，女的披头散发地哭骂不休，做丈夫的反而低声下气地安慰她。某氏说这是反常的行为。从这反常的行为他就断定了中国的必亡。连大学教授的某氏也发出了这种议论，可见你们的朝野是如何处心积虑地图谋着中国的“必亡”了。但是你们的论客还口口声声嚷着“中国无理抗日”的话。

武田君，你应该劝告你的同胞不要做征服中国的痴梦了。单用武力永久征服一个民族，并不是可能的事。单独的民族的繁荣是不会久远的，纵有一时的美景，也不过是昙花一现，留下来的只是灭亡。能够长存不朽的乃是人类的繁荣。这样的繁荣只能由各个民族的联合的努力来实现。而联合的努力又必须立在友爱与互助的基础上。你们的论客到今天还在梦想着大和民族的单独的“发展飞跃”。可惜他们不曾凭吊希腊、罗马的废墟，没有思索秦皇、汉武的霸业，与夫拿破仑、成吉思汗的雄图。这一切只给了后人一点点渺茫的憧憬，而成为历史家舞文弄墨的资料了。那么你们的一批一批的青年兵士到上海，到华北来作战又是为了什么呢?

武田君，听说熊本师团的一部分已经到上海作战了。你是后备役，大概目前还轮不到你。那么你还在你那精致的小屋中过你的书生生活罢。啊，我想起文姑儿给我的信函了：“已经是连虫声也静下去了的深秋了。×先生在这样静寂的夜里读书的姿态还在我的眼前浮现。”这封信给了我一些美丽的回忆。我想起我从前在你那和睦的家庭里度过的一些恬静的日子，我想起你那美丽的友情，我想起那精致的小庭园和在那里看见的山下的奇丽的街景和海景。但是这些都被炮声冲散了，大炮横在我们两人的中间。大炮毁坏了我们在这边所努力建立起来的一切，而且以后还会给我们带来更多的损害。但是你那精致的小屋与和睦的家庭恐怕也难永久保全罢。

所以你应该出来有所动作了。我并不是来求助于你，我并不代表那无数受了损害的中国人民来求你们给一点点同情。决不是这样。我要求的，只是你和你的同胞们的反省，希望你们起来和我们共同努力，毁灭那个破坏人类繁荣的暴力。

11 月 15 日。